Inhalt

13 Unheimliche Erzählungen: Eine Horrorsammlung

Willkommen, wagemutiger Leser, in einer Welt, in der die Grenzen zwischen Realität und Albtraum verschwimmen. Dies ist keine gewöhnliche Sammlung von Geschichten, sondern eine Reise in die dunkelsten Ecken der menschlichen Psyche, wo Schatten flüstern und Geheimnisse lauern, die besser im Verborgenen geblieben wären. In den folgenden Seiten erwarten dich dreizehn unheimliche Erzählungen, jede davon sorgfältig ausgewählt, um deine tiefsten Ängste zu wecken und deine Vorstellungskraft herauszufordern. Jede Geschichte entführt dich in eine andere Dimension des Grauens, von verlassenen Häusern, die ihre düsteren Geheimnisse bewahren, bis hin zu geisterhaften Erscheinungen, die in den Schatten auf ihre nächste Beute warten. Diese Sammlung ist nicht für die Zartbesaiteten. Jeder Absatz ist durchdrungen von der Essenz des Unheimlichen, jeder Satz ein Schritt tiefer in die Dunkelheit. Die Zahl 13, lange als Unglückszahl gefürchtet, wird hier zur Quelle schauriger Geschichten, die dir die Haare zu Berge stehen lassen und dich nachts wachhalten werden. Lass dich in den Bann ziehen von den Geschichten, die aus den tiefsten Albträumen stammen, und erinnere dich daran, dass wahre Angst nicht durch das Bekannte, sondern durch das Unbekannte hervorgerufen wird. Bist du bereit, die Herausforderung anzunehmen und die 13 unheimlichen Erzählungen zu lesen? Sei gewarnt, denn einmal eingetreten, gibt es kein Zurück mehr. Die Dunkelheit hat einen Weg, die Seele zu packen und nicht mehr loszulassen. Möge dein Mut stark und dein Herz unerschütterlich sein. Trete ein, wenn du dich traust, und entdecke die Horrorsammlung, die dir den Atem rauben wird. Willkommen in der Welt von "13 Unheimliche Erzählungen: Eine Horrorsammlung".

Der verfluchte Spiegel

Anna Müller stand hinter der Theke ihres kleinen Antiquitätengeschäfts und bewunderte die jüngste Ergänzung ihrer Sammlung: eine zierliche Porzellanfigur aus dem 19. Jahrhundert. Sie liebte den Duft von altem Holz und das Gefühl von Geschichte, das von jedem Gegenstand ausging. Ihr Geschäft war klein, aber gut sortiert, mit Regalen, die mit antiken Büchern, Schmuckstücken und Möbeln gefüllt waren. Für Anna war es mehr als nur ein Geschäft – es war eine Verbindung zur Vergangenheit. Annas Leidenschaft für Antiquitäten war mehr als nur ein Beruf. Sie liebte es, sich in die Geschichten hinter jedem Gegenstand zu vertiefen und sich vorzustellen, wer diese Dinge wohl besessen hatte und welche Geschichten sie erzählen könnten. Ihr Traum war es, eines Tages ein eigenes Museum zu eröffnen, in dem sie ihre Sammlung präsentieren konnte. Ihr Geschäft war ein Schritt in diese Richtung, ein Ort, an dem sie ihre Leidenschaft mit anderen teilen konnte. An diesem Morgen bereitete sich Anna auf eine besondere Auktion vor. Sie hatte von einem alten Herrenhaus gehört, das geräumt wurde, und die Gerüchte über die dort gelagerten Antiquitäten hatten ihr Interesse geweckt. Sie schloss das Geschäft für den Tag und machte sich auf den Weg zu dem abgelegenen Dorf, in dem die Auktion stattfinden sollte. An einem nebligen Samstagmorgen fuhr Anna auf einer schmalen Landstraße, die sich durch dichte

Wälder und weite Felder schlängelte. Das Dorf, in dem die Auktion stattfinden sollte, lag abgelegen und war nur schwer zu erreichen. Je näher sie dem Ziel kam, desto dichter wurde der Nebel, der wie ein undurchdringlicher Schleier über der Landschaft hing. Anna fühlte ein Kribbeln der Aufregung in ihrem Bauch. Sie liebte diese geheimnisvolle Atmosphäre – die Möglichkeit, etwas Einzigartiges und Wertvolles zu entdecken. Als sie schließlich das Dorf erreichte, war es wie aus einer anderen Zeit. Die alten Häuser mit ihren verwitterten Fassaden und die Kopfsteinpflasterstraßen versetzten Anna in eine vergangene Ära. Sie parkte ihr Auto vor dem alten Herrenhaus, das heute im Mittelpunkt der Auktion stand. Das Gebäude war beeindruckend, trotz seines verfallenen Zustands. Die hohen Mauern und die schweren Holztüren erzählten von vergangenen Zeiten, von Festen und Geheimnissen, die sich in seinen Wänden abgespielt hatten. Im großen Saal des Herrenhauses war die Atmosphäre düster und geheimnisvoll. Die Möbel waren mit weißen Tüchern bedeckt, und das Licht war schwach, was den Raum noch unheimlicher wirken ließ. Anna fühlte ein Kribbeln der Aufregung. Sie liebte diese Atmosphäre – die Möglichkeit, etwas Einzigartiges und Wertvolles zu entdecken. Während sie durch die verschiedenen Räume ging, inspizierte sie aufmerksam die angebotenen Gegenstände. Antiquitäten aus allen Epochen lagen verteilt, einige in gutem Zustand, andere von der Zeit gezeichnet. In einer Ecke des großen Salons, halb versteckt unter einem alten, schweren Tuch, entdeckte Anna einen Spiegel. Er war groß, fast mannshoch, und hatte einen aufwendig verzierten Rahmen aus dunklem Holz. Das Glas war leicht beschlagen, als ob es seit Jahrzehnten nicht mehr gereinigt worden wäre. Anna konnte nicht widerstehen. Sie zog das Tuch vom Spiegel und betrachtete ihn genauer. Der Rahmen war mit filigranen Schnitzereien verziert, die mystische Symbole und Figuren darstellten. Trotz des Staubs und der leichten Trübung des Glases war der Spiegel faszinierend. Er schien eine Geschichte zu erzählen, die nur darauf wartete, entdeckt zu werden. Ein älterer Mann, der die Auktion leitete, trat zu ihr. "Interessanter Fund, nicht wahr?" sagte er. "Dieser Spiegel hat eine lange Geschichte. Er stammt aus dem 18. Jahrhundert und soll einst einem Adligen gehört haben, der unter mysteriösen Umständen verschwand."

Anna war sofort interessiert. Sie spürte, dass dieser Spiegel etwas Besonderes war. "Was wissen Sie über den Adligen?" fragte sie.

"Nicht viel", antwortete der Mann. "Nur, dass er als grausam und rachsüchtig galt. Manche sagen, sein Geist sei im Spiegel gefangen."

Anna lachte nervös. "Das klingt wie eine Geistergeschichte."

"Vielleicht", sagte der Mann. "Aber wer weiß, welche Geheimnisse solche alten Gegenstände bergen."

Trotz der unheimlichen Geschichte entschied sich Anna, den Spiegel zu kaufen. Sie war fest entschlossen, seine Geheimnisse zu lüften und herauszufinden, welche Geschichte er zu erzählen hatte. Sie ersteigerte den Spiegel. Anna brachte den Spiegel in ihr Geschäft und stellte ihn an eine prominente Stelle, wo er die Aufmerksamkeit der Kunden auf sich ziehen würde. Die ersten Tage verliefen ruhig, und Anna begann, sich mit dem Spiegel vertraut zu machen. Doch sie konnte das Gefühl nicht abschütteln, dass etwas Unheimliches an ihm war. Eines Abends, als sie allein im Geschäft war und die Kasse machte, bemerkte sie, dass der Spiegel ungewöhnlich kalt war. Die Luft um ihn herum schien sich zu verdichten, und als sie näher trat, spürte sie einen leichten Schauer über ihren Rücken laufen. Sie strich mit der Hand über das Glas, und ein seltsames Kribbeln durchzog ihre Finger. Plötzlich flackerte das Licht im Raum, und als sie aufblickte, sah sie etwas im Spiegel. Eine schemenhafte Gestalt huschte durch das Glas, kaum sichtbar, aber dennoch unheimlich präsent. Anna trat einen Schritt zurück, ihr Herzschlag beschleunigte sich. Sie zwang sich, tief durchzuatmen, und sah genauer hin. Nichts. Der Spiegel zeigte nur ihr eigenes, leicht blasses Gesicht. In den nächsten Tagen bemerkte Anna, dass der Spiegel seltsam kalt blieb, egal wie warm es im Raum war. Sie versuchte, die Kälte und die flüchtigen Schatten zu ignorieren, doch die Unruhe ließ sie nicht los. Eines Abends, als sie sich entschloss, den Spiegel gründlicher zu untersuchen, bemerkte sie erneut eine schemenhafte Gestalt, die im Glas erschien und verschwand. Anna beschloss, Nachforschungen anzustellen. Sie durchstöberte alte Bücher und Archive, suchte nach Hinweisen auf den Spiegel und seinen Vorbesitzer. Sie fand schließlich einen alten Zeitungsartikel aus dem 18. Jahrhundert, der von einem Adligen namens Frederick von Stein berichtete. Frederick war bekannt für seine Grausamkeit und Rachsucht, und es gab Gerüchte, dass er sich mit dunklen Künsten beschäftigte. Eines Tages war er spurlos verschwunden, und niemand wusste, was aus ihm geworden war. Je mehr Anna über Frederick erfuhr, desto klarer wurde ihr, dass der Spiegel tatsächlich mit seiner Geschichte verbunden war. Die Visionen wurden intensiver. Sie sah Frederick immer deutlicher im Spiegel, seine Augen voller Hass und Verzweiflung. Er schien sie um Hilfe zu bitten, doch gleichzeitig lag eine bedrohliche Aura um ihn. Eines Nachts, als Anna wieder allein im Geschäft war, erwachte sie aus einem schrecklichen Albtraum. Sie hatte geträumt, dass Frederick aus dem Spiegel trat und sie angriff. Schweißgebadet setzte sie sich auf und versuchte, den Traum abzuschütteln. Doch dann hörte sie ein Flüstern. Es kam aus der Richtung des Spiegels. Langsam stand sie auf und ging zum Spiegel. Das

Flüstern wurde lauter, als sie näher kam. "Hilf mir... befreie mich..." Die Worte hallten in ihrem Kopf wider. Anna starrte in den Spiegel und sah Frederick. Diesmal war er klar und deutlich zu sehen, seine Lippen bewegten sich synchron mit den Worten, die sie hörte. Anna schrak zurück. Was auch immer im Spiegel gefangen war, es wollte befreit werden. Aber konnte sie ihm trauen? Sie wusste, dass sie Hilfe brauchte, und so rief sie ihren Bruder Peter an. Peter war skeptisch, aber er liebte seine Schwester und wollte ihr helfen. Peter kam am nächsten Morgen ins Geschäft und hörte sich Annas Geschichte an. Obwohl er nicht an Geister glaubte, konnte er die Angst in Annas Augen sehen. Gemeinsam beschlossen sie, mehr über den Spiegel und die dunklen Rituale herauszufinden, die Frederick möglicherweise benutzt hatte. Während ihrer Recherchen stießen sie auf ein altes Ritual, das angeblich Geister bannen oder befreien konnte. Es erforderte bestimmte Zutaten und eine genaue Durchführung. Peter war skeptisch, aber Anna war entschlossen, es zu versuchen. Sie sammelten alles Notwendige und bereiteten sich auf das Ritual vor. Als die Nacht hereinbrach, stellten sie den Spiegel in die Mitte des Raumes und zündeten die Kerzen an. Anna begann das Ritual, sprach die alten Worte und hoffte, dass es funktionierte. Der Raum füllte sich mit einer unheimlichen Energie, und der Spiegel begann zu vibrieren. Frederick erschien im Glas, seine Augen weit aufgerissen vor Erwartung. Plötzlich wurde die Luft eisig, und der Spiegel leuchtete in einem unheimlichen Licht. Frederick schrie, ein markerschütternder Laut, der Anna und Peter in den Ohren schmerzte. Dann wurde es still. Der Spiegel zerbrach in tausend Stücke, und die Energie im Raum verschwand. Anna und Peter standen keuchend da, überwältigt von dem, was gerade geschehen war. Sie hatten es geschafft. Frederick war verschwunden, und der Spiegel war zerstört. Doch etwas in Annas Blick verriet, dass die Geschichte noch nicht ganz vorbei war. In den folgenden Tagen wurde Anna von Unruhe geplagt. Obwohl der Spiegel zerstört war und Frederick verschwunden schien, hatte sie das Gefühl, dass etwas nicht stimmte. Albträume suchten sie heim, in denen Frederick sie verfolgte, und sie wachte oft schweißgebadet auf. Peter blieb in der Nähe seiner Schwester und unterstützte sie so gut er konnte. Gemeinsam beschlossen sie, die Überreste des Spiegels zu untersuchen, in der Hoffnung, weitere Hinweise zu finden. Sie kehrten in das Geschäft zurück und durchsuchten die Scherben des zerbrochenen Spiegels. Inmitten der Splitter fanden sie eine alte, vergilbte Seite aus einem Buch, die offenbar im Rahmen des Spiegels verborgen gewesen war. Die Seite enthielt eine detaillierte Beschreibung eines Rituals zur Geisterbeschwörung und -bannung, zusammen mit mystischen Symbolen und Zeichnungen. Anna und Peter studierten das Dokument sorgfältig. Es wurde klar, dass Frederick von Stein nicht nur ein grausamer Adliger, sondern auch ein versierter Okkultist gewesen war. Er hatte den Spiegel benutzt, um seine Seele zu bewahren, indem er sie in das Glas bannte. Die Seite beschrieb auch ein Gegenritual, das in der Lage sein sollte, Fredericks Geist endgültig zu bannen. Es erforderte bestimmte Zutaten: Salbei, Eisenkraut, ein Tropfen Blut eines Nachkommen von Fredericks Linie und das Rezitieren einer Beschwörungsformel zur Geisterbannung. Anna und Peter machten sich daran, die notwendigen Zutaten zu beschaffen. Salbei und Eisenkraut fanden sie in einem Kräuterladen, aber das Blut eines Nachkommen von Fredericks Linie stellte eine Herausforderung dar. Sie mussten herausfinden, ob es noch lebende Nachfahren gab. Nach intensiver Recherche und einigen Telefonaten mit Historikern und Genealogen fanden sie heraus, dass Fredericks Linie in eine entfernte Familie mündete, die noch heute in der Gegend lebte. Sie kontaktierten die Familie und erklärten vorsichtig ihre Situation. Der aktuelle Familienoberhaupt, ein älterer Herr namens Heinrich von Stein, zeigte sich skeptisch, aber bereit zu helfen. Heinrich erklärte, dass die Geschichten über seinen Vorfahren in der Familie weitergegeben wurden und dass sie immer geglaubt hatten, dass Frederick in der Tat mit dunklen Künsten in Berührung gekommen war. Heinrich stimmte zu, ihnen zu helfen, und spendete einen Tropfen Blut, den Anna und Peter in einer kleinen Phiole sammelten. Mit allen notwendigen Zutaten kehrten sie in Annas Geschäft zurück und bereiteten sich auf das Ritual vor. Die Spannung war greifbar, und die

Atmosphäre im Raum war erfüllt von einer unheimlichen Erwartung. Als die Nacht hereinbrach, begannen sie das Ritual. Anna zündete die Kerzen an und legte die Kräuter in eine Schale, während Peter die Phiole mit Heinrichs Blut bereithielt. Anna begann, die Beschwörungsformel laut zu rezitieren, ihre Stimme fest und klar. Die Luft im Raum wurde schwer, und eine eisige Kälte breitete sich aus. Plötzlich begann ein unheimlicher Wind durch das Geschäft zu wehen, obwohl alle Fenster und Türen geschlossen waren. Die Flammen der Kerzen flackerten, und die Schatten tanzten an den Wänden. Ein tiefes Grollen ertönte, als ob die Erde selbst auf das Ritual reagierte. Inmitten dieses Chaos sahen Anna und Peter, wie sich die Scherben des Spiegels bewegten und langsam wieder zusammensetzten. Fredericks Geist erschien erneut, dieses Mal stärker und wütender als je zuvor. Sein Gesicht war verzerrt vor Zorn und Schmerz, und er schrie unverständliche Worte. Doch Anna ließ sich nicht beirren. Sie wiederholte die Formel, legte die Kräuter in die Flammen und gab schließlich den Tropfen Blut hinzu. Mit einem ohrenbetäubenden Knall erloschen die Kerzen, und der Raum war in völlige Dunkelheit gehüllt. Anna und Peter hielten den Atem an, als das Grollen verstummte und eine gespenstische Stille eintrat. Dann, langsam, kehrte das Licht zurück, und die Kälte wich einer angenehmen Wärme. Fredericks Geist war verschwunden. Die Scherben des Spiegels lagen still auf dem Boden, ohne

Anzeichen von Bewegung. Anna und Peter sanken erschöpft zu Boden, überwältigt von dem, was sie gerade durchgemacht hatten. Sie hatten es geschafft. Fredericks Geist war endgültig gebannt, und die Bedrohung war vorüber. In den folgenden Tagen kehrte das Leben langsam zur Normalität zurück. Anna und Peter reflektierten die Ereignisse und waren dankbar, dass sie es gemeinsam geschafft hatten. Anna beschloss, den Laden für eine Weile zu schließen und sich eine Auszeit zu nehmen. Die Erinnerungen an die unheimlichen Ereignisse würden bleiben, aber sie wusste, dass sie stärker daraus hervorgegangen war. Anna saß in ihrem Lieblingscafé und dachte über die letzten Wochen nach. Der Spiegel war zerstört, und Frederick war verschwunden, aber die Erinnerung an die Visionen und die unheimlichen Ereignisse blieb. Sie wusste, dass sie vorsichtiger sein musste, wenn sie das nächste Mal eine Antiquität kaufte. Manche Gegenstände trugen mehr Geschichte in sich, als man auf den ersten Blick erkennen konnte. Sie nahm einen Schluck Kaffee und lächelte schwach. Das Leben ging weiter, und sie würde ihre Leidenschaft für Antiquitäten nicht aufgeben. Aber der Spiegel und die Geschichte von Frederick von Stein würden sie immer daran erinnern, dass die Vergangenheit manchmal besser unberührt bleibt.

Das verlorene Tagebuch

Marie Schmidt liebte ihre Arbeit als Bibliothekarin. Die alten Bücher, das sanfte Rascheln der Seiten und der Geruch von Papier und Tinte hatten für sie etwas Beruhigendes. Sie arbeitete in einer kleinen, aber gut sortierten Bibliothek in einer ruhigen Stadt. Ihre Tage waren erfüllt von der Pflege der Büchersammlung, der Beratung von Besuchern und der Organisation von Lesungen und Veranstaltungen. Marie genoss die ruhige Atmosphäre und die Möglichkeit, sich in die Welt der Bücher zurückzuziehen. An einem regnerischen Herbsttag wurde der Bibliothek eine Kiste alter Bücher gespendet. Marie freute sich immer über solche Spenden, da sie oft versteckte Schätze enthielten. Sie öffnete die Kiste neugierig und begann, die Bücher zu durchsuchen. Die meisten waren verstaubte Romane und Sachbücher, doch ein Buch fiel ihr besonders ins Auge. Es war ein altes, ledergebundenes Tagebuch mit vergilbten Seiten und verblasster Tinte. Der Einband war abgenutzt, und die ersten Seiten waren mit einer eleganten Handschrift beschriftet. Neugierig begann Marie, in dem Tagebuch zu blättern. Es gehörte einem Mann namens Johann Weiss, einem Schriftsteller, der vor vielen Jahren gelebt hatte. Die Einträge reichten von alltäglichen Beobachtungen bis hin zu schaurigen Geschichten, die er offenbar selbst erlebt oder zumindest sehr lebhaft erdacht hatte. Marie war sofort fasziniert. Sie nahm das Tagebuch mit an ihren Schreibtisch und begann, die Einträge zu lesen. Die ersten Seiten beschrieben das Leben von Johann Weiss als Schriftsteller und seine Leidenschaft für das Schreiben. Er berichtete von seinen täglichen Routinen, den Büchern, die er las, und den Menschen, die er traf. Doch je weiter Marie las, desto dunkler wurden die Einträge. Johann schrieb von seltsamen Begebenheiten, die sich in seinem Haus ereigneten. Er hörte Flüstern in der Nacht, sah Schatten, die sich bewegten, und fühlte eine ständige Kälte, die durch die Räume kroch. Er beschrieb, wie er immer mehr das Gefühl hatte, beobachtet zu werden, und wie er langsam den Verstand zu verlieren schien. Marie konnte nicht aufhören zu lesen. Die Geschichten zogen sie in ihren Bann, und sie wollte unbedingt herausfinden, was mit Johann geschehen war. Sie beschloss, das Tagebuch mit nach Hause zu nehmen, um weiter darin zu lesen. In den folgenden Tagen war Marie wie besessen von dem Tagebuch. Sie verbrachte jede freie Minute damit, die Einträge zu studieren und versuchte, die Geheimnisse von Johann Weiss zu entschlüsseln. Die Geschichten wurden immer unheimlicher, und Marie bemerkte, dass sie selbst begann, seltsame Dinge zu erleben. Sie hörte Flüstern, wenn sie alleine war, sah aus den Augenwinkeln Schatten und hatte seltsame Träume, in denen Johann Weiss ihr erschien und sie warnte. Marie versuchte, ihre Erlebnisse zu ignorieren, doch die unheimlichen Vorkommnisse wurden immer intensiver. Eines Abends, als sie in ihrer Wohnung saß und das Tagebuch las, hörte sie ein deutliches Flüstern direkt neben sich. Sie schrak zusammen und sah sich hastig um, doch niemand war zu sehen. Ihr Herz schlug schneller, und sie spürte, wie sich die Kälte in ihrem Raum ausbreitete. Trotz ihrer Angst konnte Marie das Tagebuch nicht weglegen. Sie fühlte sich von den Geschichten magisch angezogen und wollte unbedingt wissen, wie sie endeten. Doch mit jedem Eintrag, den sie las, schien sie tiefer in eine Welt des Wahnsinns und des Schreckens gezogen zu werden. Marie war zunehmend fasziniert von den düsteren Geschichten und persönlichen Einträgen in Johanns Tagebuch. Die Geschichten von seltsamen Begebenheiten in seinem Haus und seiner langsamen Abdriften in den Wahnsinn ließen sie nicht los. Während sie weiter las, bemerkte sie, dass die unheimlichen Ereignisse in ihrem eigenen Leben zunahmen. Eines Nachts, während sie in ihrem Wohnzimmer saß und das Tagebuch studierte, hörte sie ein leises Flüstern. Anfangs dachte sie, es sei der Wind, der durch ein offenes Fenster wehte, doch als sie alle Fenster geschlossen vorfand, wusste sie, dass etwas nicht stimmte. Das Flüstern schien direkt aus dem Tagebuch zu kommen, und es fühlte sich an, als ob die Worte auf den Seiten lebendig wurden.

"Marie... hilf mir..." flüsterte eine Stimme, kaum hörbar, aber dennoch klar verständlich.

Marie fröstelte und schloss das Buch hastig. Sie sah sich im Raum um, doch niemand war zu sehen.

Ihre Hände zitterten, und sie versuchte, das beunruhigende Erlebnis abzuschütteln. Doch die Stimme hallte in ihrem Kopf wider und ließ sie nicht zur Ruhe kommen. Am nächsten Tag in der Bibliothek konnte Marie sich kaum auf ihre Arbeit konzentrieren. Ihre Gedanken kreisten ständig um das Tagebuch und die unheimlichen Vorkommnisse. Sie entschied sich, mehr über Johann Weiss herauszufinden. Vielleicht gab es Hinweise in den Archiven der Bibliothek oder in alten Zeitungen, die ihr mehr über den mysteriösen Schriftsteller verraten könnten. Marie durchstöberte die alten Zeitungsarchive und stieß auf mehrere Artikel über Johann Weiss. Die meisten beschrieben ihn als einen talentierten, aber zurückgezogenen Schriftsteller, der in den letzten Jahren seines Lebens zunehmend exzentrisch und paranoid wurde. Ein Artikel berichtete sogar von seinem plötzlichen und unerklärlichen Verschwinden. Niemand wusste genau, was mit ihm geschehen war, und sein Haus stand seitdem leer und verlassen. Die Geschichten in Johanns Tagebuch wurden immer düsterer. Er beschrieb, wie er von Visionen und Albträumen geplagt wurde, in denen gesichtslose Gestalten ihn verfolgten und ihm drohten. Er schrieb von Stimmen, die ihn riefen und ihm befahlen, schreckliche Dinge zu tun. Marie konnte nicht anders, als Parallelen zu ihren eigenen Erlebnissen zu ziehen. Sie fühlte sich, als ob sie dieselben Schritte wie Johann ging, in einen Abgrund des Wahnsinns. Eines Abends, als Marie wieder in ihrem Wohnzimmer saß und das Tagebuch las, bemerkte sie, dass die Schatten im Raum sich zu bewegen schienen. Die Luft war schwer und kalt, und das Flüstern wurde lauter. Sie sah auf und erblickte eine Gestalt im Türrahmen, die sie beobachtete. Ihr Herz setzte einen Schlag aus, und sie schloss die Augen, in der Hoffnung, dass die Gestalt verschwinden würde. Als sie die Augen wieder öffnete, war die Gestalt weg, aber die Kälte blieb. Marie fühlte sich, als ob sie beobachtet und verfolgt wurde. Sie wusste, dass sie etwas unternehmen musste, um diesen Albtraum zu beenden. Doch was konnte sie tun? Das Tagebuch schien von einer dunklen Macht besessen zu sein, die sie langsam in den Wahnsinn trieb. Marie beschloss, sich ihrem Kollegen und Freund Thomas Becker anzuvertrauen. Thomas war skeptisch, als sie ihm von den unheimlichen Ereignissen erzählte, doch er konnte die Angst in ihren Augen sehen. Er versprach, ihr zu helfen, und gemeinsam beschlossen sie, das Geheimnis des Tagebuchs zu lüften. In den folgenden Tagen arbeiteten Marie und Thomas intensiv daran, mehr über Johann Weiss und das Tagebuch herauszufinden. Sie stießen auf alte Briefe und Dokumente, die andeuteten, dass Johann in okkulte Praktiken verwickelt war. Es schien, als ob er versucht hatte, Kontakt mit einer dunklen Macht aufzunehmen, die ihn schließlich verschlang. Marie und Thomas wussten, dass sie handeln mussten, bevor es zu spät war. Sie fanden Hinweise auf ein Ritual, das den Fluch des

Tagebuchs brechen könnte. Doch das Ritual war gefährlich und musste genau nach den Anweisungen durchgeführt werden. Sie bereiteten sich sorgfältig vor und hofften, dass sie stark genug waren, um den Kampf gegen die dunklen Mächte zu gewinnen. Marie und Thomas waren entschlossen, das Ritual durchzuführen und den Fluch des Tagebuchs zu brechen. Sie verbrachten die nächsten Tage damit, die notwendigen Zutaten zu beschaffen und sich auf das Ritual vorzubereiten. Die Anleitung war kompliziert und forderte sowohl geistige als auch körperliche Stärke. Sie mussten Salbei und Eisenkraut besorgen, eine spezielle Kerze anfertigen und eine seltene Kräutermischung zubereiten. Zudem brauchten sie ein persönliches Artefakt von Johann Weiss, um eine Verbindung zu seinem Geist herzustellen. In Johanns alten Unterlagen fanden sie einen alten Füllfederhalter, den er oft erwähnt hatte und der in seiner Familie über Generationen weitergegeben worden war. Es schien das perfekte Artefakt zu sein. Marie und Thomas waren nervös, aber auch entschlossen, das Ritual in Johanns verlassenem Haus durchzuführen, um die Verbindung zu seinem Geist zu stärken. An einem stürmischen Abend machten sie sich auf den Weg zu dem verlassenen Haus. Das Wetter schien ihre Stimmung widerzuspiegeln, und die Dunkelheit, die über die Stadt hereinbrach, war beunruhigend. Das Haus stand verlassen und verfallen am Ende einer einsamen Straße. Die Fenster waren zerbrochen, und das Dach war teilweise eingestürzt. Ein unheimliches Gefühl lag in der Luft, als sie die knarrende Tür öffneten und das Haus betraten. Sie bereiteten den Raum für das Ritual vor, indem sie die Kerzen im Kreis aufstellten, den Salbei und das Eisenkraut in einer Schale platzierten und den Füllfederhalter in die Mitte legten. Marie begann, die Beschwörungsformel laut zu rezitieren, während Thomas die Kerzen entzündete und die Kräutermischung anzündete. Plötzlich wurde die Luft im Raum eisig, und ein unheimlicher Wind begann zu wehen. Die Flammen der Kerzen flackerten wild, und die Schatten an den Wänden schienen zu tanzen. Marie spürte, wie sich eine dunkle Präsenz in dem Raum manifestierte. Die Stimme von Johann Weiss erklang, verzerrt und voller Schmerz. "Warum habt ihr mich gerufen?" hallte es durch den Raum. Marie hielt inne und sah sich um. Die Stimme schien von überall und nirgendwo zugleich zu kommen. Sie schloss die Augen und konzentrierte sich, dann setzte sie die Rezitation fort. Die Schatten wurden dichter, und die Präsenz stärker. Johann Weiss' Geist erschien vor ihnen, seine Augen voller Verzweiflung und Wahnsinn. Er schien zu kämpfen, zwischen der Realität und der dunklen Macht, die ihn gefangen hielt.

"Lasst mich frei!" schrie Johann, seine Stimme verzweifelt. "Ich kann diesen Fluch nicht länger ertragen."

Marie und Thomas wussten, dass sie weitermachen mussten. Sie hielten die Hände, um ihre Kräfte zu bündeln, und rezitierten die Beschwörungsformel gemeinsam. Die Luft um sie herum wurde schwerer, und die Präsenz des Geistes intensivierte sich. Es war ein Kampf zwischen Licht und Dunkelheit, zwischen Leben und Tod. Die Flammen der Kerzen loderten auf und erhellten den Raum. Ein greller Blitz durchzuckte die Dunkelheit, und die Gestalt von Johann Weiss begann zu verblassen. Die dunkle Macht, die ihn gefangen hielt, schien sich aufzulösen. Mit einem letzten Schrei verschwand Johann, und die Schatten lösten sich auf. Marie und Thomas sanken erschöpft zu Boden, ihre Hände noch immer fest ineinander verschränkt. Der Raum war still, und die Kälte wich einer angenehmen Wärme. Sie hatten es geschafft. Der Fluch war gebrochen, und Johann Weiss' Geist war befreit. Marie und Thomas erholten sich langsam von dem anstrengenden Ritual. Sie saßen auf dem Boden des verlassenen Hauses und atmeten tief durch. Die unheimliche Atmosphäre war verschwunden, und das Haus fühlte sich plötzlich ruhig und friedlich an. Sie wussten, dass sie einen großen Sieg errungen hatten, doch sie waren sich auch bewusst, dass sie mit Kräften gespielt hatten, die sie kaum verstanden. Am nächsten Tag kehrten sie in die Bibliothek zurück. Marie brachte das Tagebuch und den Füllfederhalter mit, entschlossen, sie an einem sicheren Ort aufzubewahren. Sie fanden einen alten, verschlossenen Schrank im Archiv, der seit Jahren nicht mehr benutzt worden war. Dort verstauten sie die Gegenstände, in der Hoffnung, dass sie dort keinen weiteren Schaden anrichten würden. Marie fühlte sich erleichtert, aber auch nachdenklich. Sie hatte viel durchgemacht und wusste, dass sie sich eine Auszeit nehmen musste, um die Ereignisse zu verarbeiten. Sie beschloss, eine Woche frei zu nehmen und in eine kleine Hütte in den Bergen zu fahren, weit weg von der Stadt und den Erinnerungen an das Tagebuch. Thomas unterstützte ihre Entscheidung und bot an, sich während ihrer Abwesenheit um die Bibliothek zu kümmern. In der abgelegenen Hütte fand Marie endlich die Ruhe, die sie so dringend brauchte. Die frische Bergluft und die Stille halfen ihr, ihre Gedanken zu ordnen und sich zu erholen. Sie verbrachte ihre Tage damit, in der Natur zu wandern, zu lesen und nachzudenken. Langsam, aber sicher kehrte ihr innerer Frieden zurück, und die Albträume und Visionen wurden seltener. Während ihrer Zeit in der Hütte reflektierte Marie über die Ereignisse der letzten Wochen. Sie erkannte, dass sie eine gefährliche Grenze überschritten hatte, als sie das Tagebuch las und sich von seiner dunklen Macht einfangen ließ. Sie versprach sich selbst, in Zukunft vorsichtiger zu sein und ihre Neugier zu zügeln. Manchmal, so wusste sie jetzt, sollten Geheimnisse besser unentdeckt bleiben. Nach einer Woche kehrte Marie erholt und gestärkt in die Stadt zurück. Sie traf sich mit Thomas und erzählte ihm von ihrer

Auszeit. Thomas freute sich, sie wieder zu sehen und zu hören, dass es ihr besser ging. Gemeinsam gingen sie zur Bibliothek, um ihre Arbeit wieder aufzunehmen. Der alte Schrank im Archiv blieb verschlossen, und sie hofften, dass die dunklen Mächte darin für immer ruhen würden. Doch die Ereignisse hatten Marie und Thomas auch näher zusammengebracht. Sie hatten gemeinsam etwas Schreckliches durchgestanden und waren daraus als stärkere, entschlossenere Menschen hervorgegangen. Sie wussten, dass sie sich aufeinander verlassen konnten, egal, was die Zukunft brachte. In den folgenden Wochen kehrte der Alltag in die Bibliothek zurück. Marie und Thomas arbeiteten Seite an Seite, kümmerten sich um die Bücher und die Besucher und organisierten neue Veranstaltungen. Die Bibliothek war wieder ein Ort der Ruhe und des Wissens, und die dunklen Schatten der Vergangenheit schienen endlich verschwunden zu sein. Doch tief in ihrem Inneren wusste Marie, dass sie die Erfahrung niemals ganz vergessen würde. Die Geschichten von Johann Weiss und die schaurigen Erlebnisse hatten Spuren in ihrer Seele hinterlassen. Sie würde immer daran erinnert werden, dass das Wissen um dunkle Geheimnisse einen hohen Preis forderte. Eines Abends, als Marie alleine in der Bibliothek saß und ein Buch las, hörte sie ein leises Rascheln aus dem Archiv. Sie erstarrte und lauschte, doch das Geräusch wiederholte sich nicht. Sie stand auf und ging langsam zum Archiv. Der alte Schrank stand still und verschlossen da, genau wie sie ihn hinterlassen hatten. Marie lächelte schwach und schüttelte den Kopf. Sie wusste, dass ihre Fantasie manchmal mit ihr durchging. Doch sie versprach sich selbst, wachsam zu bleiben und die Geheimnisse der Vergangenheit mit Respekt zu behandeln. Mit einem letzten Blick auf den Schrank ging sie zurück in den Lesesaal und setzte sich wieder an ihren Platz. Die Nacht senkte sich über die Stadt, und die Bibliothek tauchte in eine friedliche Stille ein. Marie fühlte sich endlich frei von den dunklen Mächten, die sie verfolgt hatten. Sie wusste, dass sie stark genug war, um jedem Geheimnis zu begegnen, das ihr in Zukunft begegnen würde. Die Wochen vergingen, und Marie und Thomas fanden zurück in ihren Alltag in der Bibliothek. Doch die Erfahrung, die sie mit dem Tagebuch von Johann Weiss gemacht hatten, hatte sie nachhaltig verändert. Sie waren nicht mehr dieselben Menschen wie zuvor; sie waren achtsamer und vorsichtiger geworden. Die Bibliothek war wieder ein Ort der Ruhe und des Wissens, und die düsteren Schatten schienen endgültig verbannt zu sein. Marie und Thomas arbeiteten Seite an Seite, kümmerten sich um die Bücher, berieten die Besucher und organisierten neue Veranstaltungen. Die Gemeinschaft der Stadt schätzte ihre Bibliothek und kam regelmäßig zu den Lesungen und Buchvorstellungen. Eines Abends, als die Bibliothek schon geschlossen war, saßen Marie und Thomas noch zusammen und tranken Tee. Sie unterhielten sich über die neuesten Bücher und planten die nächste Lesung.

Die Atmosphäre war entspannt und vertraut, und es fühlte sich an, als wäre die dunkle Episode mit dem Tagebuch ein fernes, fast unwirkliches Ereignis.

„Weißt du, ich denke oft darüber nach, was passiert ist“, sagte Marie nachdenklich. „Aber ich bin froh, dass wir es gemeinsam durchgestanden haben.“

Thomas nickte zustimmend. „Es war eine beängstigende Erfahrung, aber wir haben viel daraus gelernt. Und wir wissen jetzt, dass wir aufeinander zählen können.“

Marie lächelte. „Ja, das stimmt. Wir sind ein gutes Team.“

Die Bibliothek war still, und die beiden genossen die Ruhe. Doch in der Dunkelheit des Archivs, tief im alten Schrank, ruhte das Tagebuch von Johann Weiss. Die Seiten blieben verschlossen, und die dunklen Mächte, die einst darin geherrscht hatten, schienen gebannt. Aber wie bei allen Geheimnissen der Vergangenheit, wusste Marie, dass sie niemals ganz verschwinden würden. Eines Nachts, als Marie allein in ihrer Wohnung war, hatte sie einen seltsamen Traum. Sie stand wieder in der Bibliothek, aber alles war in ein seltsames, gespenstisches Licht getaucht. Die Regale wirkten endlos, und die Bücher schienen lebendig zu sein. Plötzlich erschien Johann Weiss vor ihr, aber diesmal sah er friedlich aus. Seine Augen waren nicht mehr voller Wahnsinn, sondern strahlten eine tiefe Traurigkeit aus.

„Danke“, flüsterte er, bevor er sich langsam auflöste und verschwand.

Marie wachte auf und fühlte sich seltsam erleichtert. Sie wusste, dass der Geist von Johann Weiss endlich Frieden gefunden hatte. Die Erfahrung hatte sie gelehrt, dass die Vergangenheit ihre Geheimnisse bewahren musste, aber auch, dass es immer einen Weg gab, das Dunkle zu besiegen. In der Bibliothek ging das Leben weiter. Marie und Thomas arbeiteten hart, um die Bibliothek zu einem noch besseren Ort zu machen. Sie bauten neue Abteilungen auf, organisierten spannende Veranstaltungen und brachten frischen Wind in die altehrwürdigen Hallen. Die Besucher schätzten ihre Arbeit und die Leidenschaft, die sie in jede Aufgabe steckten. Marie wusste, dass sie stark genug war, um jeder Herausforderung zu begegnen. Die Erfahrung mit dem Tagebuch hatte sie gelehrt, dass Wissen Macht war, aber auch eine große Verantwortung mit sich brachte. Sie versprach sich selbst, immer achtsam zu bleiben und die dunklen Geheimnisse der Vergangenheit mit Respekt zu behandeln. Eines Abends, als sie die Lichter in der Bibliothek löschte und sich auf den Heimweg machte, sah sie kurz zurück und lächelte. Die Bibliothek war mehr als nur ein Arbeitsplatz für sie geworden. Sie war ein Ort der

Heilung, der Freundschaft und des Wissens. Und sie wusste, dass sie mit Thomas an ihrer Seite bereit war für alles, was die Zukunft bringen mochte. Mit einem letzten Blick auf das Gebäude machte sie sich auf den Weg nach Hause, bereit für eine neue, hoffnungsvollere Ära.

Der letzte Zug

Elena Wagner saß in ihrem Büro und las die neuesten Berichte über die mysteriösen Verschwinden auf der Zugstrecke von Berlin nach München. Als Journalistin war sie immer auf der Suche nach aufregenden und ungewöhnlichen Geschichten, aber dieser Fall übertraf alles, was sie bisher erlebt hatte. In den letzten Monaten waren mehrere Passagiere spurlos verschwunden, und niemand konnte sich erklären, was mit ihnen geschehen war. Ihr Chefredakteur hatte sie beauftragt, eine Serie von Artikeln über die Vorfälle zu schreiben, und Elena wusste, dass sie vor Ort recherchieren musste, um die ganze Geschichte zu verstehen. Sie packte ihre Sachen, nahm ihre Kamera und ihr Notizbuch und machte sich auf den Weg zum Bahnhof. Es war ein kalter, grauer Tag, und der Himmel war von dichten Wolken bedeckt. Der Wind wehte schneidend durch die Straßen, als ob er die mysteriöse Stimmung der Geschichte, die sie verfolgen wollte, unterstreichen wollte. Am Bahnhof herrschte geschäftiges Treiben, doch Elena konnte die Anspannung in der Luft spüren. Die jüngsten Vorfälle hatten die Menschen verunsichert, und viele mieden die Zugstrecke, wenn sie konnten. Elena kaufte ein Ticket für den nächsten Zug nach München und wartete auf dem Bahnsteig. Die metallischen Geräusche der einfahrenden Züge und die Lautsprecherdurchsagen vermischten sich zu einem unruhigen Klangteppich.

Als der Zug einfuhr, bemerkte Elena, dass er alt und etwas verfallen aussah. Die Lackierung war verblasst, und die Fenster waren schmutzig. Sie stieg ein und suchte sich einen Platz in einem der fast leeren Waggons. Die wenigen Passagiere, die sie sah, wirkten nervös und in sich gekehrt. Einige schauten ständig aus den Fenstern, als ob sie etwas erwarten würden. Andere saßen still und starrten auf ihre Hände oder in die Leere. Elena setzte sich in eine Ecke und begann, Notizen zu machen. Kurz darauf betrat ein älterer Mann den Waggon. Er trug eine Uniform und stellte sich als Lukas Meier vor, der Zugbegleiter auf dieser Strecke. „Guten Tag, meine Dame“, sagte er höflich. „Kann ich Ihnen helfen?“

„Ja, vielleicht“, antwortete Elena. „Ich bin Journalistin und recherchiere über die mysteriösen Verschwinden auf dieser Strecke. Haben Sie irgendwelche Informationen, die mir helfen könnten?“

Lukas zögerte einen Moment, bevor er antwortete. „Nun, ich arbeite seit vielen Jahren auf dieser Strecke, und ich habe einige seltsame Dinge gesehen. Es ist schwer zu erklären, aber es scheint, als ob dieser Zug... anders ist.“

Elena war sofort interessiert. „Was meinen Sie mit ‚anders‘?“

„Nun“, sagte Lukas und sah sich nervös um, „manchmal scheint es, als ob der Zug nicht nur durch Raum, sondern auch durch Zeit fährt. Passagiere verschwinden spurlos, und es gibt keine Erklärung dafür. Es ist, als ob sie einfach... aufgelöst werden.“

Elena machte sich schnell Notizen und dankte Lukas für seine Informationen. Sie wollte gerade mehr Fragen stellen, als eine ältere Dame in den Waggon trat. Sie hatte schlohweißes Haar und trug eine schwere Strickjacke. Ihre Augen waren klar, und sie bewegte sich mit einer Würde, die ihr Alter Lügen zu strafen schien. „Ah, Frau Schulz“, sagte Lukas und lächelte. „Das ist eine unserer regelmäßigen Fahrgäste. Sie fährt oft mit diesem Zug.“

Frau Schulz setzte sich neben Elena und nickte ihr freundlich zu. „Sie müssen die Journalistin sein, von der Lukas erzählt hat“, sagte sie mit einer sanften Stimme. „Ich habe schon viele Geschichten über diesen Zug gehört, und ich glaube, dass er verflucht ist.“

Elena konnte ihre Neugier kaum zurückhalten. „Was genau meinen Sie damit?“

„Nun“, begann Frau Schulz, „es gibt alte Legenden über Züge, die in andere Dimensionen fahren. Die Menschen, die einsteigen, kommen nie wieder zurück. Ich habe selbst gesehen, wie Passagiere einfach verschwunden sind. Eines Nachts hörte ich Schreie, und als ich aus dem Fenster sah, war da nichts außer Dunkelheit."

Elena spürte einen kalten Schauer über ihren Rücken laufen. Diese Geschichte war noch unheimlicher, als sie erwartet hatte. Sie beschloss, ihre Recherche fortzusetzen und mehr über die mysteriösen Vorfälle herauszufinden. Vielleicht würde sie die Wahrheit über den letzten Zug herausfinden – und hoffentlich unversehrt zurückkehren. Während der Fahrt spürte Elena die Spannung in der Luft. Der Zug fuhr durch neblige Landschaften, und die Welt draußen schien in Grau- und Schwarztönen verschwommen zu sein. Die Geräusche des Zuges wirkten plötzlich unheimlich laut, und jedes Rattern und Rumpeln ließ sie zusammenzucken. Sie konnte nicht anders, als sich zu fragen, ob sie sich auf ein Abenteuer eingelassen hatte, das sie bereuen würde. Der Zug ratterte durch die neblige Landschaft, und Elena konnte die beklemmende Atmosphäre kaum ertragen. Die wenigen Passagiere saßen schweigend in ihren Sitzen, als ob sie wussten, dass jedes Geräusch das Unheil anziehen könnte. Die Fenster zeigten nur dichten Nebel, der die Welt außerhalb des Zuges wie ein undurchdringlicher Schleier erscheinen ließ. Elena begann, Nachforschungen anzustellen. Sie interviewte einige der Passagiere, aber die meisten waren verschlossen und nervös. Ein junger Mann namens Erik, der mit gesenktem Kopf in einer

Ecke saß, erzählte ihr, dass er den Zug aus beruflichen Gründen nahm. „Ich habe gehört, dass Leute verschwinden, aber ich dachte, das seien nur Gerüchte“, sagte er leise und schaute dabei ständig über seine Schulter. Eine Frau mittleren Alters, die neben einem Fenster saß und ausdruckslos hinausblickte, weigerte sich, mit Elena zu sprechen. Sie sah aus, als ob sie etwas wusste, aber zu verängstigt war, um es zu teilen. Die Geschichten der wenigen, die bereit waren zu reden, waren alle ähnlich: seltsame Geräusche in der Nacht, flüchtige Schatten und das unheimliche Gefühl, beobachtet zu werden.

Elena bemerkte, dass der Zugbegleiter Lukas Meier immer wieder nervös auf seine Uhr schaute. „Gibt es etwas, das ich wissen sollte?“ fragte sie ihn schließlich, als sie ihn im Gang antraf.

Lukas seufzte schwer und schüttelte den Kopf. „Es gibt keine logische Erklärung für das, was hier passiert. Die Verschwinden beginnen meist kurz nach Einbruch der Dunkelheit. Ich habe versucht, es der Bahnleitung zu melden, aber sie sagen, es sei alles nur Einbildung.“

Kurz nachdem die Sonne untergegangen war und die Dunkelheit den Zug umhüllte, passierte es. Ein Schrei durchbrach die Stille des Waggons. Elena sprang auf und rannte in die Richtung, aus der der Schrei gekommen war. Ein Mann, der vor wenigen Augenblicken noch in seinem Sitz geschlafen hatte, war spurlos verschwunden. Sein Gepäck und seine Habseligkeiten lagen noch auf seinem Platz, aber von ihm selbst fehlte jede Spur. Die Passagiere gerieten in Panik. Elena konnte die Angst in ihren Augen sehen. Lukas versuchte, die Leute zu beruhigen, aber es half wenig. „Bitte, bleiben Sie ruhig und in Ihren Sitzen. Wir werden herausfinden, was passiert ist", sagte er, doch seine eigene Stimme zitterte. Elena beschloss, systematisch vorzugehen. Sie nahm ihr Notizbuch und begann, den Vorfall zu dokumentieren. „Wer hat etwas gesehen?" fragte sie laut, doch niemand antwortete. Alle schienen in ihrer eigenen Angst gefangen zu sein.

Frau Schulz saß in ihrem Sitz und murmelte leise vor sich hin. Elena setzte sich neben sie und fragte: „Haben Sie irgendetwas bemerkt?"

Frau Schulz hob den Kopf und sah Elena mit traurigen Augen an. „Ich habe den Nebel gesehen. Er ist anders heute Nacht. Dicker. Lebendiger."

Elena verstand nicht ganz, was sie meinte, aber sie wusste, dass der Nebel eine Rolle spielte. „Haben Sie das schon einmal erlebt?" fragte sie weiter.

Frau Schulz nickte langsam. „Vor vielen Jahren, als ich noch ein kleines Mädchen war. Meine Großmutter erzählte mir Geschichten von Zügen, die in andere Welten fahren. Sie sagte, dass der Nebel ein Tor ist."

Elena wusste nicht, ob sie dieser Geschichte Glauben schenken sollte, aber sie hatte keine andere Erklärung. Sie beschloss, Lukas' Rat zu befolgen und sich wieder hinzusetzen. Die Zeit verging quälend langsam, und die Anspannung im Zug wuchs mit jeder Minute. Plötzlich begann der Zug zu ruckeln und zu zittern. Die Lichter flackerten, und Elena spürte, wie die Luft um sie herum kälter wurde. „Was passiert hier?" flüsterte sie, doch niemand konnte ihr eine Antwort geben.

Lukas eilte den Gang entlang und rief: „Alle bitte sitzen bleiben! Wir haben wahrscheinlich ein technisches Problem." Doch Elena wusste, dass es mehr war als nur ein technisches Problem. Der Nebel draußen war dichter geworden, fast undurchdringlich, und sie hatte das Gefühl, dass etwas Unheimliches vor sich ging.

Ein weiterer Passagier verschwand, diesmal eine junge Frau, die gerade noch mit ihrem Smartphone gespielt hatte. Elena sah entsetzt zu, wie ihre Sachen zu Boden fielen, als ob sie einfach aus der Existenz gerissen worden wäre. Die Panik erreichte ihren Höhepunkt, und die Passagiere begannen, hysterisch zu schreien.

Elena wusste, dass sie schnell handeln musste. „Lukas, wir müssen etwas unternehmen! Dieser Zug ist verflucht oder von einer dunklen Macht besessen. Wir müssen herausfinden, wie wir das stoppen können, bevor wir alle verschwinden!"

Lukas nickte und zog Elena zur Seite. „Ich habe von einem alten Eisenbahner gehört, dass es einen Weg gibt, den Zug aus dieser Dimension zurückzubringen. Es ist ein Ritual, das nur unter bestimmten Bedingungen durchgeführt werden kann. Wir müssen das Risiko eingehen."

Elena wusste, dass sie keine Wahl hatten. Gemeinsam mit Lukas und Frau Schulz begannen sie, die notwendigen Vorbereitungen zu treffen, um das Ritual durchzuführen. Sie hatten wenig Zeit und keine Garantie, dass es funktionieren würde, aber es war ihre einzige Chance.

Die Panik im Zug hatte ihren Höhepunkt erreicht, und Elena wusste, dass sie schnell handeln mussten. Lukas führte sie zu einem abgelegenen Waggon, in dem er einige alte Dokumente und Bücher aufbewahrte. „Hier drin habe ich alles, was wir brauchen", sagte er und öffnete eine verstaubte Kiste. Darin befanden sich vergilbte Seiten, die mit unverständlichen Symbolen und Texten bedeckt waren.

„Das ist das Ritual", erklärte Lukas, während er die Seiten durchblätterte. „Es wurde von alten Eisenbahnern entwickelt, die sich mit übernatürlichen Phänomenen auskannten. Es ist unsere einzige Hoffnung."

Elena nickte und studierte die Seiten. Das Ritual erforderte eine Reihe von komplexen Schritten, darunter das Zeichnen von Symbolen, das Entzünden spezieller Kerzen und das Rezitieren einer alten Beschwörungsformel. Es war klar, dass sie sich beeilen mussten.

„Was brauchen wir alles?“ fragte Frau Schulz, die ihnen gefolgt war. „Ich werde helfen.“

„Wir brauchen weiße Kerzen, Kreide, um die Symbole zu zeichnen, und bestimmte Kräuter, die ich in meinem Gepäck habe“, antwortete Lukas. „Außerdem müssen wir sicherstellen, dass alle Passagiere ruhig bleiben und ihre Plätze nicht verlassen.“

Elena und Frau Schulz machten sich auf den Weg, um die notwendigen Gegenstände zu sammeln. Währenddessen begann Lukas, die Symbole auf den Boden des Waggons zu zeichnen. Der Zug ratterte weiterhin durch die neblige Landschaft, und die Lichter flackerten bedrohlich. Der Nebel draußen war nun so dicht, dass sie nichts mehr erkennen konnten.

Als Elena und Frau Schulz mit den Kerzen und Kräutern zurückkamen, hatten sie Schwierigkeiten, die Passagiere zu beruhigen. Einige weinten, andere murmelten Gebete. Elena versuchte, ihnen Mut zuzusprechen. „Wir arbeiten daran, das Problem zu lösen. Bitte bleiben Sie ruhig und vertrauen Sie uns.“

Gemeinsam mit Lukas und Frau Schulz begannen sie, die Kerzen an den richtigen Stellen zu platzieren und die Kräuter zu verbrennen. Der Raum füllte sich mit einem schweren, erdigen Duft, der seltsam beruhigend wirkte. Lukas entzündete die Kerzen und begann, die Beschwörungsformel zu rezitieren.

„Nehmt Platz und haltet euch an den Händen“, forderte Lukas die Passagiere auf. „Es ist wichtig, dass wir alle verbunden bleiben.“

Die Passagiere folgten den Anweisungen, wenn auch zögerlich. Elena spürte die Anspannung und die Angst, die in der Luft lag. Sie setzte sich neben Lukas und Frau Schulz und hielt ihre Hände. Gemeinsam bildeten sie einen Kreis, der von den flackernden Kerzen und den gezeichneten Symbolen umgeben war.

Lukas' Stimme wurde lauter und kräftiger, als er die alten Worte sprach. Die Luft im Waggon begann zu vibrieren, und ein seltsames Licht flackerte durch die Fenster. Der Zug ruckelte und schien für einen Moment stillzustehen, obwohl die Räder weiterhin über die Schienen rollten.

Elena spürte eine unheimliche Kälte, die von den Symbolen auf dem Boden ausging. Die Kerzenflammen loderten hoch, und der Nebel draußen schien sich zu verdichten und in den

Waggon zu dringen. Doch sie ließ sich nicht beirren und hielt die Hände ihrer Nachbarn fest.

„Jetzt!“, rief Lukas plötzlich. „Alle konzentrieren sich auf das Licht!“

Die Passagiere schlossen die Augen und konzentrierten sich auf das Bild eines warmen, strahlenden Lichts. Lukas setzte seine Beschwörungsformel fort, und das Licht im Waggon wurde heller und heller, bis es blendend war. Elena fühlte, wie sich etwas um sie herum veränderte, als ob der Zug selbst durch eine unsichtbare Barriere brach.

Mit einem letzten lauten Knall verschwand der Nebel plötzlich, und der Zug ratterte wieder normal über die Schienen. Die Lichter flackerten kurz und leuchteten dann wieder stabil. Die Kälte wich einer angenehmen Wärme, und das seltsame Licht verschwand.

Lukas beendete das Ritual und ließ die Passagiere langsam die Hände los. Alle öffneten ihre Augen und sahen sich verwirrt, aber erleichtert um. Die Symbole auf dem Boden verblassten, und die Luft klärte sich. Es war, als ob der Zug aus einer anderen Dimension zurückgekehrt war.

Elena spürte eine immense Erleichterung und sah, dass auch die anderen Passagiere wieder etwas Hoffnung schöpften. „Haben wir es geschafft?“

fragte sie Lukas, der erschöpft, aber zufrieden nickte.

„Ja, ich glaube, wir sind zurück in unserer Welt", sagte er und lächelte schwach. „Wir haben den Fluch gebrochen."

Die Passagiere atmeten auf, und einige begannen, leise zu weinen. Sie hatten es geschafft. Der Zug war wieder sicher, und sie waren der Dunkelheit entkommen.

Die Passagiere atmeten auf, und einige begannen leise zu weinen. Sie hatten es geschafft. Der Zug war wieder sicher, und sie waren der Dunkelheit entkommen. Elena spürte eine immense Erleichterung und sah, dass auch die anderen Passagiere wieder etwas Hoffnung schöpften.

Lukas stand auf und sah sich um. „Wir müssen den Zug so schnell wie möglich stoppen und die Behörden informieren", sagte er entschlossen. „Wir dürfen kein Risiko eingehen, dass das wieder passiert."

Elena nickte und half den Passagieren, aufzustehen und ihre Sachen zu sammeln. Einige waren noch sichtlich erschüttert, aber alle waren dankbar, dass sie gerettet worden waren. Lukas ging zum Zugführer, um ihn zu informieren, dass sie anhalten mussten. Die Passagiere setzten sich wieder auf ihre Plätze, während Elena und Frau

Schulz den Waggon aufräumten und die verbliebenen Kerzen löschten.

Der Zugführer, ein älterer Mann mit besorgtem Blick, nickte ernst und griff zum Funkgerät. „Wir haben ein technisches Problem und müssen den nächsten sicheren Bahnhof anfahren“, erklärte er. Kurz darauf begann der Zug langsamer zu werden, und nach wenigen Minuten hielt er auf einem abgelegenen Bahnhof an.

Als der Zug zum Stehen kam, öffneten sich die Türen, und frische Luft strömte herein. Die Passagiere stiegen aus und wurden von den Bahnhofspersonal und der Polizei in Empfang genommen, die bereits informiert worden waren. Elena trat zu einem der Polizisten und erklärte die Situation. „Es war, als ob der Zug in eine andere Dimension gefahren wäre“, sagte sie und versuchte, die unheimlichen Ereignisse zu beschreiben.

Die Polizisten hörten aufmerksam zu und nahmen ihre Aussagen auf. Auch Lukas und Frau Schulz erzählten von den mysteriösen Verschwinden und dem erfolgreichen Ritual, das sie durchgeführt hatten, um den Zug zurückzubringen. Die Beamten sahen sichtlich beeindruckt aus und versprachen, den Vorfällen nachzugehen.

In der Zwischenzeit setzte sich Elena mit ihrem Notizbuch auf eine Bank und begann, ihre

Gedanken und Erlebnisse niederzuschreiben. Sie wusste, dass diese Geschichte eine große Resonanz finden würde, und sie wollte sicherstellen, dass sie jedes Detail festhielt. Während sie schrieb, gesellte sich Lukas zu ihr.

„Ich bin froh, dass wir es geschafft haben", sagte er und setzte sich neben sie. „Ich hätte nie gedacht, dass ich einmal an einem Ritual teilnehmen würde, um einen Zug aus einer anderen Dimension zurückzuholen."

Elena lächelte. „Es ist definitiv eine Geschichte, die ich nicht so schnell vergessen werde. Danke, dass du mir geholfen hast."

Lukas nickte. „Danke, dass du uns geholfen hast. Ohne deine Hartnäckigkeit und deinen Mut hätten wir es vielleicht nicht geschafft."

Frau Schulz kam ebenfalls zu ihnen und setzte sich. „Ich habe immer gewusst, dass dieser Zug etwas Unheimliches an sich hat. Aber ich bin froh, dass wir den Fluch brechen konnten."

Elena fühlte sich erschöpft, aber auch erleichtert. Sie wusste, dass sie eine unglaubliche Geschichte erlebt hatte, die sie für immer begleiten würde. Als die Nacht hereinbrach, wurden die Passagiere in bereitgestellte Busse verfrachtet, um ihre Reise fortzusetzen. Elena, Lukas und Frau Schulz verabschiedeten sich voneinander und versprachen, in Kontakt zu bleiben.

Elena kehrte in ihr Hotel zurück und legte sich aufs Bett. Sie war müde, aber ihre Gedanken rasten. Sie wusste, dass sie noch viel Arbeit vor sich hatte, um die Geschichte zu schreiben und alle Details zu überprüfen. Aber sie war auch dankbar, dass sie die Erfahrung gemacht hatte und dass sie und die anderen Passagiere sicher waren.

Elena saß in ihrem Büro und tippte die letzten Sätze ihres Artikels. Die Geschichte über den letzten Zug hatte großes Interesse geweckt, und ihre Leser warteten gespannt auf die Veröffentlichung. Sie hatte Tage damit verbracht, alle Informationen zu sammeln und zu überprüfen, Interviews zu führen und die Ereignisse sorgfältig zu dokumentieren.

„Der letzte Zug: Eine Reise in die Dunkelheit und zurück" war die Überschrift ihres Artikels. Sie beschrieb detailliert die mysteriösen Verschwinden, die unheimliche Atmosphäre im Zug und das gefährliche Ritual, das sie durchgeführt hatten, um den Zug zurückzubringen. Sie hoffte, dass ihre Geschichte nicht nur die Leser faszinieren, sondern auch die Behörden dazu bringen würde, die Vorfälle ernsthaft zu untersuchen.

Lukas und Frau Schulz hatten sich mehrfach bei ihr gemeldet, um zu berichten, dass sie sicher waren und dass der Zugverkehr wieder normal lief. Es schien, als ob der Fluch tatsächlich gebrochen war, aber Elena wusste, dass solche Geheimnisse nie ganz verschwinden würden. Sie war entschlossen, wachsam zu bleiben und ihre Leser zu warnen. Eines Abends, als sie in ihrem Büro saß und die letzten Korrekturen an ihrem Artikel vornahm, hörte sie das vertraute Geräusch eines einfahrenden Zuges. Sie blickte aus dem Fenster und sah den Zug auf den Schienen gleiten. Ein seltsames Gefühl überkam sie, aber sie schüttelte es ab. Der Fluch war gebrochen, und die Welt war wieder sicher. Doch tief in ihrem Inneren wusste Elena, dass sie niemals wirklich sicher sein konnte. Die Dunkelheit, die sie im Zug erlebt hatte, war ein Teil einer größeren Welt, die sie kaum verstand. Sie versprach sich selbst, immer wachsam zu bleiben und die Geschichten derer zu erzählen, die in die Dunkelheit geblickt hatten und zurückgekehrt waren. Mit einem letzten Klick sendete sie ihren Artikel an den Chefredakteur und lehnte sich in ihrem Stuhl zurück. Die Nacht war ruhig, und die Stadt schlief friedlich. Doch Elena war wachsam, bereit für die nächsten Abenteuer, die das Leben für sie bereithalten würde.

Der Geisterwald

Dr. Laura Berger saß an ihrem Schreibtisch und blätterte durch alte Aufzeichnungen über den sogenannten Geisterwald. Die Legenden um diesen Wald hatten sie schon immer fasziniert, und nun hatte sie endlich die Möglichkeit, ihn selbst zu erforschen. Laura war eine erfahrene Botanikerin, die ihr Leben der Erforschung ungewöhnlicher Pflanzen und Ökosysteme gewidmet hatte. Doch der Geisterwald versprach, ihre bisher größte Herausforderung zu werden.

Die Geschichten über den Wald waren zahlreich und schaurig. Wanderer, die spurlos verschwanden, gespenstische Erscheinungen und unheimliche Geräusche, die aus dem dichten Unterholz drangen. Die wenigen, die zurückkehrten, berichteten von unerklärlichen Phänomenen und einer Atmosphäre, die sie nie wieder vergessen würden. Laura war entschlossen, die Geheimnisse des Waldes zu lüften und herauszufinden, was wirklich dort vor sich ging.

Am Tag vor ihrer Abreise traf sie sich mit Max Steiner und Nina Hoffmann, die sich ihrer Expedition anschließen wollten. Max war ein erfahrener Dokumentarfilmer, der schon viele gefährliche und abgelegene Orte bereist hatte. Er wollte das Geschehen im Wald festhalten und daraus eine Dokumentation machen. Nina war eine junge Studentin der Mythologie, die von den

Legenden und Mythen des Waldes fasziniert war. Sie hatte monatelang über die Geschichten recherchiert und konnte es kaum erwarten, den Wald selbst zu erleben.

„Ich freue mich, dass ihr beide mitkommt", sagte Laura, als sie sich in einem kleinen Café trafen, um die letzten Details zu besprechen. „Dieser Wald ist ein einzigartiges Ökosystem, und ich bin sicher, dass wir etwas Außergewöhnliches entdecken werden."

Max nickte zustimmend. „Ich habe schon viele gefährliche Orte besucht, aber dieser Wald hat etwas Unheimliches an sich. Ich bin gespannt, was wir dort finden werden."

Nina strahlte vor Aufregung. „Die Legenden sind unglaublich. Wenn auch nur die Hälfte davon wahr ist, wird das eine unvergessliche Erfahrung."

Am nächsten Morgen machten sie sich auf den Weg zum Geisterwald. Die Fahrt dauerte mehrere Stunden, und je näher sie dem Wald kamen, desto dichter wurde die Vegetation. Schließlich erreichten sie einen kleinen Parkplatz am Rande des Waldes. Das Schild, das vor dem Eingang stand, war verwittert und kaum lesbar. „Betreten auf eigene Gefahr", stand darauf.

Laura überprüfte ihre Ausrüstung und stellte sicher, dass sie alles Notwendige dabei hatten:

Karten, Kompass, GPS-Gerät, Notfallausrüstung und natürlich ihre Forschungsausrüstung. Max und Nina packten ihre Kameras und Notizbücher aus, bereit, alles zu dokumentieren.

„Bereit?“ fragte Laura und blickte in die Gesichter ihrer Begleiter. Beide nickten entschlossen.

Sie betraten den Wald und wurden sofort von einer seltsamen Stille umhüllt. Die Geräusche der Zivilisation verschwanden, und nur das Rascheln der Blätter und das gelegentliche Zwitschern eines Vogels waren zu hören. Der Wald war dicht und dunkel, das Sonnenlicht drang kaum durch das dichte Blätterdach. Eine kühle Brise wehte durch die Bäume und ließ die Blätter flüstern.

Während sie tiefer in den Wald vordrangen, bemerkte Laura die ungewöhnliche Vegetation. Pflanzen, die sie noch nie zuvor gesehen hatte, wuchsen hier in Hülle und Fülle. Sie machte sich eifrig Notizen und sammelte Proben. Max filmte alles, und Nina studierte die alten Symbole und Zeichen, die sie an einigen der Bäume fand.

„Diese Symbole sind uralt“, sagte Nina und zeigte auf eine Reihe von Zeichen, die in die Rinde eines Baumes geschnitzt waren. „Sie stammen aus einer Zeit, bevor die ersten Siedler hierherkamen. Es heißt, dass diese Zeichen die Geister des Waldes beschwören sollen.“

Laura war fasziniert. „Vielleicht sind das Hinweise auf eine alte Kultur, die hier lebte“, sagte sie. „Wir müssen das weiter untersuchen.“

Doch je tiefer sie in den Wald eindrangen, desto unheimlicher wurde die Atmosphäre. Sie hörten seltsame Geräusche, die sie nicht zuordnen konnten: flüsternde Stimmen, die im Wind zu schweben schienen, und das entfernte Echo von Schritten. Laura spürte, wie die Spannung wuchs, und sie wusste, dass sie auf etwas Ungewöhnliches gestoßen waren.

Je tiefer Laura, Max und Nina in den Geisterwald vordrangen, desto drückender wurde die Atmosphäre. Die hohen Bäume, deren Äste sich wie knochige Finger zum Himmel streckten, schienen eine uralte Stille zu bewahren. Die Luft war schwer und kühl, durchdrungen von einem erdigen Duft und dem Aroma verwesender Blätter. Selbst die Vögel schwiegen, als würden sie die Ankunft der Fremden respektieren – oder fürchten.

Laura beugte sich über eine Gruppe seltsam leuchtender Pilze, deren sanftes grünes Licht den Waldboden in ein ätherisches Glühen tauchte. „Diese Art habe ich noch nie gesehen“, flüsterte sie ehrfürchtig. „Es ist, als ob der Wald selbst Leben aus einer anderen Welt beherbergt.“

Max hielt die Kamera bereit und filmte die Szene, während Nina weiter vorne einen alten, vermoosten Stein untersuchte, der mit fremdartigen Symbolen bedeckt war. „Diese Zeichen sind älter als alles, was ich je gesehen habe“, sagte sie, während sie mit ihren Fingern über die gravierten Linien strich. „Es ist, als ob sie eine Geschichte erzählen, die niemand mehr kennt.“

Plötzlich hörten sie ein fernes, unheimliches Lachen, das durch die Bäume hallte. Die Gruppe erstarrte. „Habt ihr das gehört?“ fragte Max und drehte sich langsam um, die Kamera fest umklammert.

„Ja“, antwortete Laura und versuchte, ruhig zu bleiben. „Wir sollten zusammenbleiben und vorsichtig weitergehen.“

Das Lachen verstummte, aber die Stille, die darauf folgte, war noch unheimlicher. Jeder Schritt auf dem dichten, federnden Moosboden schien ein Echo in der endlosen Dunkelheit des Waldes zu erzeugen. Die Zeit verlor ihre Bedeutung, als die drei Forscher tiefer in das Herz des Geisterwaldes eindrangen.

Nach einer Weile stießen sie auf eine Lichtung, die von einem sanften, aber unnatürlichen Licht erleuchtet wurde. In der Mitte der Lichtung stand eine alte, verfallene Hütte, die von Kletterpflanzen überwuchert war. Die Fenster waren zerbrochen, und die Tür hing schief in den Angeln. Es war offensichtlich, dass niemand diese Hütte seit vielen Jahren betreten hatte.

„Das muss der Ort sein, von dem die Einheimischen erzählt haben“, sagte Nina und zog eine Karte hervor, auf der die Lichtung markiert war. „Sie sagen, dass hier einst ein Einsiedler lebte, der den Wald beschwor, um ihn zu schützen.“

„Vielleicht finden wir hier einige Antworten“, meinte Laura und ging vorsichtig auf die Hütte zu. Max und Nina folgten ihr, bereit, jede Entdeckung festzuhalten.

Das Innere der Hütte war düster und staubig. Spinnweben hingen von der Decke, und der Boden war mit einer dicken Schicht aus Schmutz und Blättern bedeckt. In einer Ecke stand ein alter Schreibtisch, auf dem vergilbte Papiere und Bücher verstreut lagen. Laura nahm eines der Bücher und blies den Staub davon. Die Seiten waren brüchig, aber die Tinte war noch lesbar.

„Es sieht aus wie ein Tagebuch“, sagte sie, als sie begann, die ersten Einträge zu lesen. „Es beschreibt seltsame Rituale und Beschwörungen. Der Einsiedler glaubte, dass er mit den Geistern des Waldes kommunizieren konnte.“

Nina trat näher und las über Lauras Schulter. „Hier steht, dass der Wald als Tor zu einer anderen Welt dient. Die Geister beschützen das Tor und lassen niemanden passieren, der ihre Ruhe stört."

Max filmte weiterhin alles, aber er konnte die zunehmende Nervosität in seiner Stimme nicht verbergen. „Das erklärt vielleicht die seltsamen Geräusche und Erscheinungen. Aber was ist mit den verschwundenen Menschen?"

Laura blätterte weiter und fand eine Skizze eines komplexen Symbols, das sie auf einigen Bäumen gesehen hatten. „Dieses Symbol scheint ein Schutzzauber zu sein. Vielleicht wurde es benutzt, um die Geister zu beschwören oder abzuwehren."

Plötzlich hörten sie draußen Schritte. Alle drei erstarrten und lauschten. Die Schritte kamen näher und schienen um die Hütte herum zu kreisen. Laura legte das Tagebuch zurück auf den Tisch und griff nach ihrer Taschenlampe. „Wir sollten nachsehen, wer oder was das ist", flüsterte sie.

Sie traten vorsichtig vor die Tür und leuchteten in die Dunkelheit. Das Licht der Taschenlampe schnitt durch die Nacht, doch sie konnten nichts erkennen. Die Schritte verstummten abrupt, und die unheimliche Stille kehrte zurück.

„Es fühlt sich an, als ob wir beobachtet werden", sagte Max leise, seine Augen suchten die Schatten ab.

„Vielleicht sind es die Geister des Waldes", murmelte Nina. „Vielleicht wollen sie uns warnen oder vertreiben."

Laura spürte eine Gänsehaut auf ihren Armen und beschloss, dass es Zeit war, die Hütte zu verlassen. „Lasst uns zurück zum Lager gehen", sagte sie. „Wir können die Dokumente morgen weiter untersuchen. Es wird zu gefährlich, hier im Dunkeln zu bleiben."

Mit schwerem Herzen verließen sie die Lichtung und machten sich auf den Rückweg zu ihrem Lagerplatz. Die unheimliche Stille des Waldes begleitete sie, und das Gefühl, beobachtet zu werden, ließ sie nicht los. Sie wussten, dass der Geisterwald noch viele Geheimnisse verbarg und dass ihre Suche nach Antworten gerade erst begonnen hatte.

Die Nacht im Geisterwald war dunkel und still, nur das gelegentliche Rascheln der Blätter und das ferne Heulen eines Tieres durchbrachen die Stille. Laura, Max und Nina lagen in ihren Zelten, doch der Schlaf wollte nicht kommen. Die unheimliche Atmosphäre des Waldes ließ ihnen keine Ruhe.

Laura drehte sich unruhig in ihrem Schlafsack, ihre Gedanken kreisten um die Entdeckungen des Tages. Das Tagebuch des Einsiedlers, die alten Symbole und die geheimnisvollen Geräusche – alles deutete darauf hin, dass dieser Wald tatsächlich von einer uralten Macht durchdrungen war. Schließlich gab sie das Bemühen auf, zu schlafen, und kroch aus ihrem Zelt. Der Mond war hinter Wolken verborgen, und die Dunkelheit war fast undurchdringlich.

Am Lagerfeuer saß Max, der offensichtlich auch nicht schlafen konnte. Er starrte in die Flammen, die Schatten auf sein besorgtes Gesicht warfen. „Kannst du auch nicht schlafen?“ fragte Laura leise.

Max schüttelte den Kopf. „Ich kann die Schritte und das Lachen von heute Nachmittag nicht vergessen. Es ist, als ob der Wald uns etwas sagen will, aber ich verstehe nicht, was.“

Nina gesellte sich zu ihnen und setzte sich mit einem Seufzer neben das Feuer. „Ich habe in den alten Geschichten gelesen, dass die Geister des Waldes Wanderer in eine andere Welt ziehen, wenn sie sich bedroht fühlen. Vielleicht sind die verschwundenen Menschen nie wirklich fortgegangen. Vielleicht sind sie immer noch hier, aber in einer anderen Realität.“

Laura nickte nachdenklich. „Das würde die Berichte über die plötzlichen Verschwinden erklären. Aber wie können wir verhindern, dass es uns auch passiert?“

Die Diskussion wurde von einem plötzlichen Geräusch unterbrochen. Es klang wie ein leises, gequältes Stöhnen, das aus der Tiefe des Waldes zu kommen schien. Die drei sahen sich erschrocken an, bevor sie ihre Taschenlampen griffen und in die Richtung des Geräuschs leuchteten.

„Wir müssen herausfinden, was das ist“, sagte Laura entschlossen. „Vielleicht finden wir so einen Hinweis auf das, was hier vor sich geht.“

Gemeinsam folgten sie dem Geräusch, das sie tiefer in den Wald führte. Die Bäume standen dicht beieinander, ihre Äste verflochten sich zu einem undurchdringlichen Dach, das kaum Licht durchließ. Das Stöhnen wurde lauter, je weiter sie gingen, und bald erreichten sie eine kleine, verborgene Lichtung.

In der Mitte der Lichtung sahen sie eine Gestalt, die vor Schmerz gekrümmt auf dem Boden lag. Als sie näher kamen, erkannten sie, dass es ein Mann war, dessen Gesicht von Verzweiflung und Angst gezeichnet war. Er trug zerlumpte Kleidung und wirkte abgemagert und verwahrlost.

„Wer sind Sie?“ fragte Laura vorsichtig und kniete sich neben den Mann.

Der Mann öffnete seine Augen und starrte sie mit einem leeren Blick an. „Ich... ich bin verloren“, flüsterte er heiser. „Der Wald... er hat mich gefangen. Ich kann nicht entkommen."

Max filmte die Szene, während Nina versuchte, den Mann zu beruhigen. „Wie lange sind Sie schon hier?" fragte sie sanft.

„Ich weiß es nicht", antwortete der Mann. „Tage, Wochen... vielleicht Jahre. Die Zeit verliert hier ihre Bedeutung. Bitte, helft mir."

Laura spürte einen kalten Schauer über ihren Rücken laufen. Dieser Mann war möglicherweise einer der vermissten Wanderer, die vor langer Zeit im Wald verschwunden waren. „Wir werden Ihnen helfen", sagte sie fest. „Aber wir müssen verstehen, was hier vor sich geht. Können Sie uns etwas über den Wald erzählen?"

Der Mann nickte schwach. „Es gibt einen Ort, tief im Wald, wo die Geister hausen. Sie bewachen das Tor zu einer anderen Welt. Wer sich ihnen nähert, wird gefangen. Ihr müsst das Tor finden und schließen. Nur dann werdet ihr frei sein."

Mit diesen Worten brach der Mann in Ohnmacht. Laura, Max und Nina sahen sich besorgt an. „Wir müssen ihn zurück zu unserem Lager bringen und ihn versorgen", sagte Max. „Aber wir sollten auch herausfinden, wo dieses Tor ist."

Sie trugen den Mann vorsichtig zurück zu ihrem Lager und legten ihn in eines der Zelte. Nina blieb bei ihm, während Laura und Max die Karte des Waldes studierten. „Die alten Symbole, die wir gesehen haben, könnten Hinweise auf den Standort des Tores geben“, sagte Laura. „Wir müssen ihnen folgen.“

Am nächsten Morgen brachen sie früh auf, den bewusstlosen Mann zurücklassend, um das Tor zu finden. Sie folgten den Symbolen, die Nina auf ihrer Karte markiert hatte. Der Weg führte sie immer tiefer in den Wald, und die unheimlichen Geräusche und flüchtigen Schatten wurden intensiver. Es war, als ob der Wald selbst versuchte, sie abzuschrecken.

Schließlich erreichten sie eine alte, verfallene Steinkonstruktion, die von den Wurzeln eines gigantischen Baumes überwuchert war. Die Symbole, die sie auf ihrem Weg gesehen hatten, waren überall auf den Steinen eingraviert. „Das muss das Tor sein“, sagte Nina mit zitternder Stimme.

Laura trat näher und untersuchte die Inschriften. „Hier steht etwas über ein Ritual, das das Tor schließen kann“, sagte sie. „Wir brauchen bestimmte Gegenstände und müssen die richtigen Worte sprechen.“

Sie fanden die benötigten Gegenstände in ihren Rucksäcken: eine kleine Schale, Wasser aus einer nahegelegenen Quelle und eine alte, zeremonielle Klinge, die sie in der Hütte des Einsiedlers gefunden hatten. Laura begann, das Wasser in die Schale zu gießen und sprach die alten Worte, die in den Steinen eingraviert waren.

Plötzlich begann die Luft um sie herum zu vibrieren, und ein tiefes Grollen erfüllte den Wald. Die Bäume schienen zu zittern, und ein unheimliches Licht begann, aus den Ritzen der Steinkonstruktion zu leuchten. Die Geister des Waldes erschienen, ihre gespenstischen Gestalten umkreisten die Gruppe und flüsterten in einer alten, unverständlichen Sprache.

„Wir müssen weitermachen", rief Laura über das Grollen hinweg. „Wir dürfen nicht aufhören!"

Max und Nina standen dicht bei ihr, die Angst in ihren Augen war deutlich sichtbar. Doch sie blieben standhaft und unterstützten Laura, während sie das Ritual beendete. Das Licht wurde intensiver, und die Geister schrien in einem letzten, durchdringenden Klagelied, bevor sie sich in Luft auflösten.

Mit einem ohrenbetäubenden Knall schloss sich das Tor, und die Steinkonstruktion brach in sich zusammen. Die Stille, die darauf folgte, war fast greifbar. Die unheimliche Atmosphäre des Waldes wich einer unerwarteten Ruhe. Es war, als ob der Wald endlich Frieden gefunden hatte.

Der Wald war still, als das letzte Echo des ohrenbetäubenden Knalls verklang. Laura, Max und Nina standen atemlos und schweißgebadet vor den Trümmern der Steinkonstruktion. Die Luft schien klarer, und ein friedliches Gefühl breitete sich aus, als ob eine schwere Last vom Wald genommen worden war. Sie hatten das Tor geschlossen und die Geister beruhigt, doch sie wussten, dass ihre Arbeit noch nicht ganz erledigt war.

„Wir haben es geschafft“, sagte Laura leise und ließ die zeremonielle Klinge sinken. „Der Fluch des Waldes ist gebrochen.“

Max senkte die Kamera, mit der er die letzten Momente des Rituals festgehalten hatte, und lächelte erschöpft. „Das war das Intensivste, was ich je erlebt habe. Wir müssen diesen Moment dokumentieren, damit die Welt davon erfährt.“

Nina nickte zustimmend. „Die Geschichten und Legenden waren wahr. Der Wald war ein Tor zu einer anderen Welt. Aber jetzt ist er wieder sicher. Zumindest hoffe ich das.“

Langsam machten sie sich auf den Rückweg zum Lager. Die unheimlichen Geräusche und flüchtigen Schatten waren verschwunden, und die Bäume schienen nun freundlicher, fast einladend. Es war, als ob der Wald selbst dankbar war für das, was sie getan hatten.

Als sie das Lager erreichten, fanden sie den bewusstlosen Mann, den sie gerettet hatten, noch immer in einem tiefen Schlaf. Laura kniete sich neben ihn und überprüfte seinen Zustand. „Er scheint stabil zu sein. Wir sollten ihn so schnell wie möglich in die Zivilisation bringen."

Max und Nina halfen dabei, das Lager abzubauen und ihre Ausrüstung zu packen. Die Rückkehr durch den Wald war weniger beschwerlich, und sie fühlten sich, als ob eine unsichtbare Last von ihnen genommen worden war. Der Wald wirkte nun weniger bedrohlich, fast friedlich.

Es dauerte einige Stunden, bis sie den Rand des Waldes erreichten. Die Sonne ging gerade unter und tauchte die Bäume in ein warmes, goldenes Licht. Sie wurden von einer Gruppe Such- und Rettungskräfte empfangen, die alarmiert worden waren, als ihre Kommunikationsgeräte ausgefallen waren.

„Sind Sie alle in Ordnung?" fragte einer der Rettungskräfte besorgt, als er den bewusstlosen Mann sah.

„Ja, wir sind in Ordnung“, antwortete Laura. „Aber dieser Mann braucht medizinische Hilfe. Er ist einer der Vermissten.“

Die Rettungskräfte kümmerten sich sofort um den Mann und bereiteten ihn auf den Transport ins Krankenhaus vor. Laura, Max und Nina gaben den Rettungskräften eine kurze Zusammenfassung der Ereignisse, doch sie wussten, dass die vollständige Geschichte viel komplexer war.

Als die Dunkelheit hereinbrach, machten sie sich auf den Weg zurück in die Stadt. Sie waren erschöpft, aber erleichtert. Die Geister des Waldes waren beruhigt, und der Fluch war gebrochen. Doch die Erinnerungen an ihre Erlebnisse würden sie für immer begleiten.

Laura blickte zurück auf den dichten Wald, der nun hinter ihnen lag. Sie fühlte eine seltsame Mischung aus Erleichterung und Wehmut. Die Geheimnisse des Waldes waren entblößt, aber sie wusste, dass es noch viele unentdeckte Mysterien gab. „Vielleicht ist es besser so“, dachte sie. „Manche Geheimnisse sollten verborgen bleiben.“

Auf der Rückfahrt sprach kaum jemand. Die Erschöpfung und die Erlebnisse des Tages lasteten schwer auf ihnen. Laura dachte an den Mann, den sie gerettet hatten, und fragte sich, wie viele andere noch immer in den Tiefen des Waldes gefangen sein könnten. Sie wusste, dass ihre

Forschungsergebnisse und Max' Dokumentation der Welt helfen könnten, die Wahrheit über den Geisterwald zu erfahren.

Als sie die Stadt erreichten, verabschiedeten sie sich und versprachen, in Kontakt zu bleiben. Max wollte die Aufnahmen sichten und bearbeiten, während Nina daran arbeitete, die mythologischen Aspekte ihrer Entdeckungen zu analysieren. Laura plante, ihre wissenschaftlichen Erkenntnisse zu dokumentieren und einen Bericht über die ungewöhnlichen Pflanzen und Phänomene des Waldes zu schreiben.

Sie waren durch die Hölle gegangen und hatten überlebt. Doch tief in ihrem Inneren wussten sie, dass der Geisterwald sie für immer verändert hatte. Die Erlebnisse, die sie dort gemacht hatten, würden sie nicht loslassen, sondern sie in ihren Träumen und Gedanken verfolgen. Sie hatten den Fluch gebrochen, doch die Schatten des Waldes blieben in ihren Seelen.

Einige Wochen später saß Laura in ihrem Büro und sah sich die Aufnahmen an, die Max während ihrer Expedition gemacht hatte. Die Bilder und Videos erzählten die Geschichte einer unheimlichen und gefährlichen Reise, die sie alle verändert hatte. Sie fühlte sich dankbar, dass sie den Wald sicher verlassen hatten und dass sie die Geheimnisse, die er verbarg, aufgedeckt hatten.

Max arbeitete intensiv an der Dokumentation, die ihre Erfahrungen festhalten sollte. Er wollte sicherstellen, dass die Welt von den Ereignissen im Geisterwald erfuhr und dass die Geschichten und Legenden weitergegeben wurden. „Das hier wird meine wichtigste Arbeit sein“, sagte er in einem Telefonat mit Laura. „Die Menschen müssen wissen, was wir dort draußen erlebt haben.“

Nina hingegen vertiefte sich in die alten Schriften und Symbole, die sie im Wald entdeckt hatten. Ihre Forschung führte sie zu neuen Erkenntnissen über die Kultur und Rituale der alten Zivilisationen, die einst in dieser Region gelebt hatten. „Es ist erstaunlich, wie viel wir noch über unsere Vergangenheit lernen können“, schrieb sie in einer E-Mail an Laura. „Dieser Wald hat mir die Augen geöffnet.“

Laura selbst schrieb an einem umfassenden Bericht über ihre botanischen Entdeckungen. Die Pflanzen, die sie im Geisterwald gefunden hatte, waren einzigartig und besaßen erstaunliche Eigenschaften. Sie hoffte, dass ihre Forschung dazu beitragen würde, das Verständnis der Wissenschaft über solche isolierten Ökosysteme zu erweitern.

Eines Abends, als Laura in ihrem Büro saß und die letzten Absätze ihres Berichts schrieb, bemerkte sie ein seltsames Leuchten am Rande ihres Schreibtisches. Es war der zeremonielle Dolch, den sie aus dem Geisterwald mitgenommen hatte. Er schien in einem sanften, phosphoreszierenden Licht zu glühen. Sie nahm ihn in die Hand und betrachtete die feinen Gravuren, die ihn zierten.

„Vielleicht sind die Geheimnisse des Waldes noch nicht ganz enthüllt“, dachte sie. „Vielleicht gibt es noch mehr, das wir lernen können.“

Der Geisterwald war nun ein geschütztes Gebiet, und weitere Expeditionen wurden streng kontrolliert. Die Behörden wollten sicherstellen, dass keine weiteren Menschen spurlos verschwanden. Doch Laura wusste, dass die wahre Gefahr nicht von den physischen Gegebenheiten des Waldes ausging, sondern von den uralten Mächten, die in seinen Tiefen schlummerten.

Mit einem letzten Blick auf den leuchtenden Dolch legte Laura ihn behutsam in eine Schatulle und schloss sie. „Manche Geheimnisse“, dachte sie, „sollten für immer verborgen bleiben.“

Die Erfahrungen im Geisterwald hatten Laura, Max und Nina verändert. Sie waren nicht nur um Wissen, sondern auch um Respekt und Ehrfurcht vor den unerklärlichen Kräften dieser Welt reicher geworden. Ihre Expedition hatte sie näher zusammengebracht und ihnen gezeigt, dass es immer noch Geheimnisse gibt, die darauf warten, entdeckt zu werden.

Und während Laura die Lichter in ihrem Büro löschte und sich auf den Heimweg machte, wusste sie, dass die Schatten des Geisterwaldes sie weiterhin begleiten würden. Aber sie war bereit, diesen Teil ihres Lebens anzunehmen und aus den Erfahrungen zu lernen, die sie gemacht hatte. Der Wald hatte ihnen seine Geheimnisse offenbart, und es lag nun an ihnen, diese Weisheit zu bewahren und weiterzugeben.

Das alte Gemälde

Emma Weber liebte Kunst seit ihrer Kindheit. Die farbenfrohen Leinwände und die Geschichten, die sie erzählten, faszinierten sie immer wieder aufs Neue. Als Kunsthistorikerin verbrachte sie ihre Tage damit, durch Galerien und Museen zu streifen, auf der Suche nach verborgenen Schätzen und vergessenen Meisterwerken. An einem kühlen Herbsttag betrat sie eine kleine, unscheinbare Galerie in einer Seitengasse, die sie bisher übersehen hatte.

Die Galerie war voll von alten Gemälden, Skulpturen und Antiquitäten. Der Duft von alten Büchern und frischem Öl auf Leinwand lag in der Luft. Emma ließ ihren Blick schweifen und blieb vor einem besonders eindrucksvollen Gemälde stehen. Es war ein großes Bild, das eine düstere Waldszene zeigte, in der ein Mann mit einem ernsten Gesichtsausdruck zu sehen war. Die Details waren unglaublich fein ausgearbeitet, und das Bild schien fast lebendig zu sein.

„Ein außergewöhnliches Stück, nicht wahr?" sagte eine Stimme hinter ihr. Emma drehte sich um und sah einen älteren Mann, der sie freundlich anlächelte. „Ich bin Herr Müller, der Besitzer dieser Galerie. Sie scheinen an diesem Gemälde interessiert zu sein."

„Ja, es ist wirklich faszinierend“, antwortete Emma. „Wissen Sie etwas über den Künstler?“

Herr Müller nickte. „Das Gemälde stammt von einem wenig bekannten Maler namens Friedrich von Stern. Er lebte im 19. Jahrhundert und war bekannt für seine unheimlichen und intensiven Werke. Es gibt jedoch einige beunruhigende Geschichten über ihn und seine Gemälde.“

Emma war sofort neugierig. „Was für Geschichten?“

Herr Müller zögerte kurz, bevor er weitersprach. „Es heißt, dass von Stern in die dunklen Künste verstrickt war und dass seine Gemälde verflucht sind. Viele Besitzer seiner Werke berichteten von seltsamen Vorfällen und Unglücksfällen. Dieses Gemälde hier soll eines seiner letzten Werke sein, bevor er spurlos verschwand.“

Emma spürte ein Kribbeln der Aufregung. Sie liebte Geheimnisse und die Möglichkeit, eine faszinierende Geschichte zu entdecken. „Ich möchte es kaufen“, sagte sie entschlossen.

Herr Müller nickte und machte die notwendigen Vorbereitungen. Als Emma das Gemälde schließlich nach Hause brachte, fühlte sie sich seltsam euphorisch. Sie hängte es in ihrem Wohnzimmer auf und betrachtete es ausgiebig. Die

Augen des Mannes im Gemälde schienen ihr zu folgen, egal, wo sie im Raum stand.

In den folgenden Tagen bemerkte Emma erste seltsame Vorkommnisse. Dinge verschwanden spurlos, nur um an den ungewöhnlichsten Orten wieder aufzutauchen. Sie hörte leises Flüstern, wenn sie allein im Raum war, und die Luft schien manchmal ungewöhnlich kühl zu sein. Anfangs schob sie diese Ereignisse auf ihre Einbildung, doch mit der Zeit wurden sie häufiger und intensiver.

Eines Abends, als Emma gerade eine Tasse Tee trank und das Gemälde betrachtete, bemerkte sie eine Veränderung im Bild. Der Mann im Gemälde schien sich leicht bewegt zu haben, als ob er eine andere Haltung eingenommen hätte. Sie rieb sich die Augen und betrachtete das Bild erneut, doch alles schien normal zu sein. Trotzdem ließ das unheimliche Gefühl sie nicht los.

Die unheimlichen Vorkommnisse setzten sich fort. Emma hatte das Gefühl, dass sie im Schlaf beobachtet wurde, und sie begann, von dem Mann im Gemälde zu träumen. In ihren Träumen sah sie ihn durch den Wald wandern, verfolgt von Schatten und unheimlichen Geräuschen. Sie wachte oft schweißgebadet auf und konnte das Gefühl nicht abschütteln, dass das Gemälde lebendig war und sie in seinen Bann zog.

Eines Tages beschloss Emma, mehr über den Maler Friedrich von Stern und die Geschichte des Gemäldes herauszufinden. Sie besuchte die örtliche Bibliothek und durchsuchte alte Archive und Zeitungsartikel. Was sie fand, ließ ihr das Blut in den Adern gefrieren. Von Stern war nicht nur ein talentierter Künstler, sondern auch ein Anhänger dunkler Künste. Es wurde berichtet, dass er Rituale durchführte und versuchte, Geister in seinen Gemälden zu bannen.

Emma las von mehreren Fällen, in denen Besitzer seiner Werke unter mysteriösen Umständen ums Leben gekommen waren oder verrückt geworden waren. Das Gemälde in ihrem Wohnzimmer schien eines der letzten Werke von Stern zu sein, geschaffen kurz vor seinem eigenen Verschwinden. Es gab keine klaren Hinweise darauf, was mit ihm geschehen war, aber die Geschichten deuteten darauf hin, dass er einen Pakt mit dunklen Mächten eingegangen war.

Als Emma die Bibliothek verließ, fühlte sie sich beobachtet. Sie drehte sich mehrmals um, doch niemand war zu sehen. Sie wusste, dass sie vorsichtig sein musste, aber ihre Neugier trieb sie an. Sie musste herausfinden, was es mit dem Gemälde auf sich hatte, und ob der Fluch wirklich existierte.

Zu Hause angekommen, setzte sie sich vor das Gemälde und betrachtete es lange. „Wer bist du wirklich?“ flüsterte sie. Die Augen des Mannes schienen direkt in ihre Seele zu blicken, als ob er eine Antwort geben wollte. Doch alles blieb still, nur das leise Ticken der Wanduhr war zu hören.

Emma beschloss, einen Experten zu Rate zu ziehen. Sie kontaktierte Frau Hoffmann, eine ältere Dame und renommierte Kunsthistorikerin, die sich auf verfluchte und mysteriöse Kunstwerke spezialisiert hatte. Frau Hoffmann war sofort bereit, ihr zu helfen, und sie vereinbarten ein Treffen.

„Ich habe schon von diesem Gemälde gehört“, sagte Frau Hoffmann, als sie es zum ersten Mal sah. „Es ist in der Tat ein sehr gefährliches Werk. Sie müssen sehr vorsichtig sein, Emma. Der Fluch, der auf diesem Bild liegt, ist real, und er hat schon viele Leben zerstört.“

Emma nickte, während sie Frau Hoffmann zuhörte. „Was kann ich tun, um den Fluch zu brechen?“ fragte sie besorgt.

„Zuerst müssen wir mehr über das Ritual herausfinden, das von Stern durchgeführt hat“, antwortete Frau Hoffmann. „Vielleicht gibt es einen Weg, den Fluch rückgängig zu machen. Aber seien Sie gewarnt, es wird nicht einfach sein.“

Seit dem Tag, an dem Frau Hoffmann das verfluchte Gemälde gesehen und vor dem Fluch gewarnt hatte, spürte Emma die dunkle Präsenz in ihrem Haus immer deutlicher. Die unheimlichen Vorkommnisse wurden intensiver und beunruhigender. Nächtliches Flüstern, das Geräusch von Schritten in leeren Räumen und das Gefühl, ständig beobachtet zu werden, ließen Emma kaum noch schlafen.

Emma setzte sich fest entschlossen an ihren Schreibtisch, um Nachforschungen anzustellen. Sie verbrachte Stunden in der Bibliothek, durchforstete alte Dokumente und sprach mit Historikern, die sich mit der dunklen Vergangenheit von Friedrich von Stern auskannten. Sie entdeckte, dass der Maler in eine Gruppe okkulter Anhänger verstrickt gewesen war, die versuchten, mit jenseitigen Mächten zu kommunizieren.

Ein besonders beunruhigender Fund war ein altes Tagebuch, das von Sterns Assistenten gehörte. Es enthielt detaillierte Beschreibungen der Rituale und Beschwörungen, die von Stern durchführte. Eines der Rituale schien direkt mit dem Gemälde in Verbindung zu stehen. Es wurde beschrieben, wie von Stern versuchte, die Seele eines verfluchten Geistes in das Gemälde zu bannen, um Unsterblichkeit zu erlangen.

Emma begann, die Rituale und Beschwörungen zu studieren, die in dem Tagebuch beschrieben waren.

Sie wusste, dass sie vorsichtig sein musste, aber sie fühlte sich gezwungen, die Wahrheit herauszufinden. Frau Hoffmann unterstützte sie bei ihren Nachforschungen und half ihr, die komplexen und gefährlichen Rituale zu verstehen.

Eines Abends, während Emma das Gemälde betrachtete, schien der Raum plötzlich kälter zu werden. Sie sah, wie sich die Augen des Mannes im Gemälde erneut zu bewegen schienen, und hörte ein leises, bedrohliches Flüstern. „Befreie mich..." Die Worte hallten in ihrem Kopf wider und ließen ihr das Blut in den Adern gefrieren.

Verängstigt und entschlossen, dem Spuk ein Ende zu setzen, beschloss Emma, das Ritual selbst durchzuführen. Sie wusste, dass es gefährlich war, aber sie konnte die ständige Angst und die unheimlichen Ereignisse nicht länger ertragen. Gemeinsam mit Frau Hoffmann bereitete sie alles vor. Sie beschafften die notwendigen Zutaten und begannen, den alten Text zu studieren, der den Fluch brechen sollte.

In der Nacht, als das Ritual durchgeführt werden sollte, war die Atmosphäre im Haus unerträglich gespannt. Emma und Frau Hoffmann zogen einen Kreis aus Salz um das Gemälde und entzündeten Kerzen an den Ecken des Raumes. Das Licht flackerte unruhig, und die Schatten an den Wänden schienen zu tanzen. Emma begann, die alten Worte aus dem Tagebuch zu rezitieren, während Frau

Hoffmann das Gemälde mit heiligem Wasser besprengte.

Die Luft im Raum wurde schwerer, und ein unheimliches Grollen erfüllte die Stille. Plötzlich begann das Gemälde zu vibrieren, und ein kalter Wind wehte durch den Raum, obwohl alle Fenster geschlossen waren. Die Flammen der Kerzen loderten auf, und die Gestalt im Gemälde schien sich zu verändern. Der Mann im Bild schien aus dem Rahmen heraustreten zu wollen, seine Augen voller Verzweiflung und Wut.

„Haltet durch!“ rief Frau Hoffmann, ihre Stimme bebte vor Anstrengung. „Wir müssen das Ritual beenden!“

Emma spürte, wie ihre Kräfte schwanden, doch sie wusste, dass sie nicht aufgeben durfte. Sie sprach die letzten Worte des Rituals mit aller Kraft, die sie noch hatte. Ein grelles Licht durchflutete den Raum, und ein durchdringender Schrei erfüllte die Luft. Die Gestalt im Gemälde schien sich aufzulösen, und das Bild selbst begann zu verblassen.

Als das Licht erlosch, war der Raum wieder still. Das Gemälde war nur noch ein blasser Schatten seiner selbst, die unheimliche Präsenz war verschwunden. Emma sank erschöpft zu Boden, ihre Kräfte waren völlig erschöpft. Frau Hoffmann kniete sich neben sie und legte eine Hand auf ihre

Schulter. „Wir haben es geschafft, Emma. Der Fluch ist gebrochen."

Emma konnte es kaum glauben. Die ständige Angst und die unheimlichen Vorkommnisse waren endlich vorbei. Doch sie wusste, dass sie nie vergessen würde, was sie erlebt hatte. Der Fluch des Gemäldes hatte tiefe Spuren in ihrer Seele hinterlassen, und sie wusste, dass sie vorsichtiger sein musste, wenn sie sich in Zukunft mit solchen dunklen Mächten auseinandersetzte.

Die nächsten Tage verbrachte Emma damit, sich zu erholen und die Geschehnisse zu verarbeiten. Sie schrieb einen ausführlichen Bericht über ihre Erfahrungen und die Geschichte des verfluchten Gemäldes. Das Bild selbst ließ sie in einem sicheren Raum wegschließen, um sicherzustellen, dass niemand anderes in Gefahr geriet.

Obwohl Emma und Frau Hoffmann glaubten, den Fluch des Gemäldes gebrochen zu haben, bemerkte Emma, dass die unheimlichen Ereignisse nicht vollständig aufgehört hatten. Seltsame Träume plagten sie jede Nacht, in denen der Mann aus dem Gemälde ihr erschien und sie aufforderte, ihm zu helfen. Die Träume wurden immer intensiver und realer, bis Emma kaum noch zwischen Traum und Wirklichkeit unterscheiden konnte.

Eines Nachts, als Emma wieder einmal schweißgebadet aus einem dieser Albträume erwachte, beschloss sie, dass sie die Wahrheit über das Gemälde vollständig aufdecken musste. Sie konnte den Gedanken nicht ertragen, dass der Fluch noch immer einen Einfluss auf sie hatte. Mit Entschlossenheit machte sie sich daran, alle noch offenen Fragen zu klären und die dunklen Geheimnisse des Gemäldes endgültig zu lüften.

Emma kehrte zur Galerie von Herrn Müller zurück, um mehr über die Geschichte des Gemäldes und seines Schöpfers herauszufinden. Herr Müller empfing sie freundlich, doch als Emma ihn auf die Ereignisse der letzten Wochen ansprach, wich ein Schatten über sein Gesicht. „Es gibt etwas, das ich Ihnen nicht erzählt habe“, begann er zögernd. „Ich wollte Sie nicht beunruhigen, aber es scheint, als hätten Sie ein Recht darauf, alles zu wissen.“

Herr Müller führte Emma in ein kleines Hinterzimmer der Galerie, das vollgestopft war mit alten Büchern und Dokumenten. Er zog ein altes, verstaubtes Buch aus einem Regal und schlug es auf. „Dieses Buch enthält die Geschichte von Friedrich von Stern und seiner letzten Tage“, erklärte er. „Es ist ein Tagebuch, das von einem engen Freund und Schüler von Sterns geschrieben wurde.“

Emma begann zu lesen und war sofort gefesselt. Das Tagebuch erzählte von von Sterns zunehmendem Wahnsinn und seiner Besessenheit, die Geheimnisse des Jenseits zu ergründen. Er hatte unzählige Rituale durchgeführt und war überzeugt, dass er es geschafft hatte, die Seele eines alten Geistes in das Gemälde zu bannen. Doch das Tagebuch enthielt auch einen Hinweis auf ein verborgenes Manuskript, das die endgültige Lösung zur Aufhebung des Fluchs beschreiben sollte.

„Dieses Manuskript wurde nie gefunden“, sagte Herr Müller ernst. „Es könnte der Schlüssel sein, um den Fluch endgültig zu brechen.“

Emma wusste, dass sie das Manuskript finden musste, um den Spuk ein für alle Mal zu beenden. Mit neuen Hinweisen aus dem Tagebuch machte sie sich auf die Suche. Sie durchforstete alte Bibliotheken, Archive und sprach mit Experten, die sich mit okkulten Schriften auskannten. Die Suche war zermürbend und oft frustrierend, doch schließlich führte eine Spur sie zu einem alten Herrenhaus, das einst von Friedrich von Stern bewohnt worden war.

Das Herrenhaus war verlassen und von der Zeit gezeichnet. Die Fenster waren zerbrochen, und Efeu rankte sich an den Wänden empor. Emma trat vorsichtig ein, ihre Taschenlampe erhellte den dunklen Flur. Das Innere des Hauses war ebenso verfallen wie das Äußere, doch sie spürte, dass sie am richtigen Ort war. Sie durchsuchte die Räume, bis sie schließlich auf eine verborgene Tür im Keller stieß, die zu einem geheimen Raum führte.

Der Raum war voll von alten Büchern, Notizen und Skizzen. In der Mitte des Raumes fand sie ein Buch, das sich von den anderen abhob. Es war das gesuchte Manuskript. Mit zitternden Händen öffnete Emma es und begann zu lesen. Das Manuskript beschrieb detailliert die Schritte, die notwendig waren, um den Fluch des Gemäldes endgültig zu brechen. Es beinhaltete ein komplexes Ritual, das die Seele des Geistes freisetzen und das Gemälde von seiner dunklen Macht befreien sollte.

Emma nahm das Manuskript und kehrte zu Frau Hoffmann zurück. Gemeinsam bereiteten sie sich darauf vor, das Ritual durchzuführen. Sie wussten, dass es gefährlich war, aber sie hatten keine Wahl. Sie mussten den Fluch brechen, bevor er Emma vollständig in den Wahnsinn trieb.

In der Nacht des Rituals versammelten sich Emma und Frau Hoffmann erneut vor dem Gemälde. Sie zogen einen Kreis aus Salz und entzündeten die Kerzen, die den Raum in ein flackerndes Licht tauchten. Emma begann, die alten Worte aus dem Manuskript zu rezitieren, während Frau Hoffmann das Gemälde mit den vorbereiteten Kräutern und Ölen behandelte.

Die Luft im Raum wurde erneut schwerer, und ein unheimliches Grollen erfüllte die Stille. Das Gemälde begann zu vibrieren, und der Mann im Bild schien sich wieder zu bewegen. Sein Gesicht verzog sich zu einer Grimasse des Schmerzes, und Emma konnte das Flüstern in ihrem Kopf hören. „Befreie mich...“ Die Worte hallten in ihren Gedanken wider.

Emma spürte, wie die Energie im Raum zunahm. Es war, als ob das Gemälde gegen das Ritual ankämpfte. Sie konzentrierte sich auf die Worte des Manuskripts und sprach sie mit aller Kraft, die sie aufbringen konnte. Die Flammen der Kerzen loderten auf, und das Licht im Raum wurde greller. Die Gestalt im Gemälde schien sich aufzulösen, und ein durchdringender Schrei erfüllte die Luft.

Plötzlich war das Licht verschwunden, und der Raum wurde still. Das Gemälde war nur noch ein blasser Schatten seiner selbst, die unheimliche Präsenz war endgültig verschwunden. Emma sank erschöpft zu Boden, ihre Kräfte waren völlig aufgebraucht. Frau Hoffmann kniete sich neben sie und legte eine Hand auf ihre Schulter. „Wir haben es geschafft, Emma. Der Fluch ist gebrochen.“

Emma konnte es kaum glauben. Die ständige Angst und die unheimlichen Vorkommnisse waren endlich vorbei. Doch sie wusste, dass sie nie vergessen würde, was sie erlebt hatte. Der Fluch des Gemäldes hatte tiefe Spuren in ihrer Seele hinterlassen, und sie wusste, dass sie vorsichtiger sein musste, wenn sie sich in Zukunft mit solchen dunklen Mächten auseinandersetzte.

In den Tagen nach dem Ritual kehrte langsam wieder Normalität in Emmas Leben ein. Die dunklen Schatten und das Gefühl, beobachtet zu werden, waren verschwunden. Doch die Erlebnisse hatten ihre Spuren hinterlassen. Emma fühlte sich oft erschöpft und fand es schwer, zur Ruhe zu kommen. Sie wusste, dass sie Zeit brauchte, um die Ereignisse zu verarbeiten.

Emma und Frau Hoffmann trafen sich regelmäßig, um über die Geschehnisse zu sprechen und die nächsten Schritte zu planen. „Wir müssen sicherstellen, dass niemand jemals wieder in den Besitz dieses Gemäldes kommt", sagte Frau Hoffmann entschlossen. „Es ist zu gefährlich."

„Ich stimme zu", antwortete Emma. „Aber wir müssen auch die Geschichte dokumentieren, damit andere daraus lernen können." Sie verbrachten Stunden damit, ihre Erfahrungen niederzuschreiben und die gefundenen Dokumente und das Manuskript zu analysieren.

Emma beschloss, das Gemälde an einem sicheren Ort zu verwahren. Sie kontaktierte ein Museum für okkulte Kunst, das spezialisiert war auf verfluchte und mysteriöse Gegenstände. Das Museum erklärte sich bereit, das Gemälde in einer gesicherten Kammer aufzubewahren, wo es keinen Schaden mehr anrichten konnte.

An einem kalten, klaren Morgen fuhr Emma mit dem Gemälde zum Museum. Die Übergabe war feierlich und zugleich befreiend. Emma spürte, wie eine Last von ihren Schultern fiel, als das Bild in die gesicherte Kammer gebracht wurde. „Jetzt bist du an einem Ort, wo du niemandem mehr schaden kannst“, flüsterte sie leise.

Zurück in ihrer Wohnung begann Emma, sich wieder auf ihre Arbeit zu konzentrieren. Doch die Ereignisse hatten ihr gezeigt, dass es in der Welt mehr gab, als das Auge sehen konnte. Sie beschloss, ihre Forschungen in eine neue Richtung zu lenken und sich stärker mit den mystischen und unerklärlichen Aspekten der Kunst zu beschäftigen.

Einige Wochen nach der Übergabe des Gemäldes erhielt Emma einen Anruf von Frau Hoffmann. „Emma, ich habe etwas Interessantes entdeckt“, sagte sie aufgeregt. „In einem alten Buch über okkulte Rituale habe ich eine Passage gefunden, die beschreibt, wie man sicherstellt, dass ein Fluch nicht wieder aktiviert wird. Ich denke, es könnte nützlich sein, das Gemälde endgültig zu versiegeln.“

Emma stimmte zu und traf sich mit Frau Hoffmann im Museum. Gemeinsam führten sie das Ritual durch, das laut der alten Schrift den Fluch für immer versiegeln sollte. Es war ein weiteres komplexes Ritual, doch sie fühlten sich sicherer, da sie bereits Erfahrung mit solchen Dingen hatten.

Nach dem Ritual fühlte Emma eine tiefe Erleichterung. „Ich denke, wir haben es endlich geschafft", sagte sie zu Frau Hoffmann. „Der Fluch ist gebannt, und das Gemälde ist sicher."

Frau Hoffmann lächelte und legte eine Hand auf Emmas Schulter. „Du hast großen Mut bewiesen, Emma. Du hast nicht nur den Fluch gebrochen, sondern auch viele Leben vor dem Unheil bewahrt, das dieses Gemälde hätte bringen können."

Emma wusste, dass sie noch einen langen Weg vor sich hatte, um die Erlebnisse vollständig zu verarbeiten. Doch sie fühlte sich gestärkt und entschlossener denn je. Die Erlebnisse hatten sie verändert, aber sie hatte auch viel über sich selbst und die Welt gelernt.

In den folgenden Monaten arbeitete Emma intensiv an einem Buch über ihre Erfahrungen und die Geschichte des verfluchten Gemäldes. Sie wollte sicherstellen, dass die Welt von den Gefahren wusste und dass niemand denselben Fehler machte wie sie. Das Buch wurde ein Erfolg und brachte Emma Anerkennung in der Welt der Kunsthistoriker und Okkultisten.

Eines Abends, als Emma in ihrem Büro saß und die letzten Korrekturen an ihrem Buch vornahm, blickte sie aus dem Fenster und dachte an all die Herausforderungen, die sie gemeistert hatte. Sie fühlte sich endlich frei und bereit, nach vorne zu blicken.

Doch tief in ihrem Inneren wusste sie, dass die Schatten der Vergangenheit sie immer begleiten würden. Sie hatte die Dunkelheit berührt und war gestärkt daraus hervorgegangen. Und sie war bereit, ihre Erfahrungen zu nutzen, um anderen zu helfen und das Geheimnisvolle und Unerklärliche zu erforschen.

Einige Monate waren vergangen, seit Emma den Fluch des Gemäldes gebannt hatte. Ihr Leben hatte sich wieder normalisiert, und sie war als Expertin für verfluchte Kunstwerke anerkannt. Das Buch über ihre Erfahrungen wurde weithin gelesen und geschätzt, und sie hielt Vorträge und Seminare zu dem Thema.

Eines Abends, als Emma in ihrem Büro saß und sich auf einen Vortrag vorbereitete, erhielt sie einen unerwarteten Besuch. Es war eine junge Frau namens Clara, die behauptete, ein Nachkomme von Friedrich von Stern zu sein. Clara war auf der Suche nach Antworten über die dunkle Vergangenheit ihrer Familie und hatte von Emmas Buch erfahren.

„Ich habe die alten Familienaufzeichnungen gelesen und herausgefunden, dass mein Vorfahr in etwas Schreckliches verwickelt war“, sagte Clara mit zitternder Stimme. „Ich muss wissen, ob der Fluch wirklich gebrochen ist.“

Emma lud Clara ein, sich zu setzen, und erzählte ihr ausführlich von den Ereignissen der letzten Monate. Sie erklärte, wie der Fluch gebrochen und das Gemälde sicher verwahrt worden war. Clara hörte aufmerksam zu und schien erleichtert, als Emma ihr versicherte, dass die dunklen Mächte gebannt waren.

„Danke, dass Sie mir das erzählt haben“, sagte Clara, als sie sich verabschiedete. „Es bedeutet mir sehr viel, zu wissen, dass meine Familie endlich frei von diesem Fluch ist.“

Nachdem Clara gegangen war, setzte sich Emma an ihren Schreibtisch und dachte über das Gespräch nach. Sie fühlte eine tiefe Zufriedenheit, dass sie nicht nur sich selbst, sondern auch anderen helfen konnte. Die Ereignisse hatten sie gelehrt, dass Wissen und Mut die mächtigsten Werkzeuge gegen die Dunkelheit waren.

In den folgenden Jahren setzte Emma ihre Arbeit fort und wurde zu einer gefragten Expertin für verfluchte und mystische Kunstwerke. Sie half anderen, ähnliche Flüche zu brechen und brachte Licht in die dunkelsten Ecken der Kunstwelt.

Doch manchmal, in den stillen Momenten der Nacht, dachte Emma an das Gemälde und die dunkle Präsenz, die sie gespürt hatte. Sie wusste, dass die Welt voller Geheimnisse war, und sie war bereit, ihnen mit offenen Augen und einem mutigen Herzen zu begegnen.

Emma hatte ihren Platz gefunden, und sie wusste, dass sie immer wachsam bleiben musste. Denn die Dunkelheit schlief nie wirklich, und es gab immer neue Geheimnisse zu entdecken und zu ergründen.

Mit einem letzten Blick auf die untergehende Sonne schloss Emma ihr Büro ab und machte sich auf den Heimweg. Sie war bereit für alles, was die Zukunft brachte, und sie wusste, dass sie nie wieder dieselbe sein würde.

Die Hexe im Wald

Alina lebte ihr ganzes Leben im kleinen Dorf Eichenhain, das am Rande eines dichten, uralten Waldes lag. Das Dorf war von hohen Eichen umgeben, die ihm seinen Namen gaben, und die Dorfbewohner lebten von der Landwirtschaft und dem Handwerk. Alina war eine der wenigen jungen Frauen im Dorf, die lesen und schreiben konnten, da sie von ihrem Vater, einem ehemaligen Gelehrten, unterrichtet worden war.

Eichenhain war ein Ort, an dem die Zeit scheinbar stillstand. Die Häuser waren aus grobem Stein und Holz gebaut, und die Menschen lebten in engem Kontakt mit der Natur. Das Leben im Dorf war einfach, aber die Gemeinschaft war stark. Jeder kannte jeden, und man half sich gegenseitig bei der Feldarbeit und anderen täglichen Aufgaben. Alina genoss die Ruhe und die Vertrautheit des Dorflebens, doch sie hatte immer eine Neugier für das Unbekannte und das Mystische verspürt.

Eines Tages, als Alina mit ihrer täglichen Arbeit beschäftigt war, bemerkte sie, dass ihr jüngerer Bruder Jakob nicht wie gewohnt zum Abendessen nach Hause gekommen war. Jakob war ein aufgeweckter Junge mit einer Vorliebe für Abenteuer. Er liebte es, im Wald zu spielen und neue Orte zu entdecken. Doch als die Nacht hereinbrach und Jakob immer noch nicht zurückgekehrt war, begann Alina, sich ernsthaft Sorgen zu machen.

Am nächsten Morgen versammelten sich die Dorfbewohner auf dem Marktplatz, um über Jakobs Verschwinden zu sprechen. Der Marktplatz war das Herz des Dorfes, ein Ort, an dem Nachrichten ausgetauscht und Entscheidungen getroffen wurden. Die Stimmung war angespannt, und die Menschen flüsterten besorgt miteinander. „Es muss die Hexe gewesen sein“, murmelte eine alte Frau, und die anderen stimmten ihr zu. „Immer wenn jemand verschwindet, steckt sie dahinter.“

Die Hexe, von der sie sprachen, war eine geheimnisvolle Frau namens Lysandra, die tief im Wald lebte. Sie war einst die Heilerin des Dorfes gewesen, bis man sie der Hexerei beschuldigte und verbannt hatte. Seitdem kursierten Geschichten und Legenden über ihre dunklen Künste und die Schrecken, die sie über das Dorf gebracht haben soll. Einige behaupteten, sie habe einen Pakt mit dunklen Mächten geschlossen, während andere meinten, sie sei einfach eine missverstandene Frau, die allein im Wald lebte.

Alina konnte die Angst und den Hass der Dorfbewohner verstehen, aber sie weigerte sich zu glauben, dass Lysandra etwas mit Jakobs Verschwinden zu tun hatte. Sie hatte immer daran geglaubt, dass es mehr zwischen Himmel und Erde gab, als die meisten Menschen bereit waren zu akzeptieren. Sie beschloss, selbst nach Antworten zu suchen und ihren Bruder zurückzubringen. „Ich werde in den Wald gehen und Lysandra finden“, sagte sie entschlossen. „Ich muss wissen, was wirklich passiert ist.“

Berthold, der Dorfälteste, trat zu ihr und legte eine Hand auf ihre Schulter. Berthold war ein weiser und respektierter Mann, dessen Worte großes Gewicht im Dorf hatten. „Sei vorsichtig, Alina“, warnte er sie. „Der Wald ist gefährlich, und Lysandra ist nicht die einzige Bedrohung. Es gibt dort dunkle Kräfte, die niemand versteht. Viele sind hineingegangen und nie wieder zurückgekehrt.“

Alina nickte, ließ sich jedoch nicht von ihrem Vorhaben abbringen. Sie packte ihre Sachen – einen Beutel mit Brot, Käse, ein Messer und eine kleine Flasche Wasser – und machte sich auf den Weg in den Wald, begleitet von den ängstlichen Blicken der Dorfbewohner. Der Wald war dicht und finster, und schon nach wenigen Schritten fühlte Alina die unheimliche Atmosphäre, die ihn durchdrang.

Die alten Bäume warfen lange Schatten, und das dichte Blätterdach ließ kaum Licht hindurch. Jeder Schritt knirschte auf dem weichen Waldboden, und Alina spürte, wie ihre Anspannung wuchs. Sie wusste, dass ihre Reise gefährlich war, aber die

Liebe zu ihrem Bruder gab ihr die nötige Kraft, um weiterzugehen.

Während sie tiefer in den Wald eindrang, erinnerte sie sich an die Geschichten, die ihr Vater ihr erzählt hatte. Geschichten von mutigen Helden, die gegen dunkle Mächte kämpften, und von weisen Frauen, die das Wissen der Natur hüteten. Sie fragte sich, welche Rolle Lysandra in dieser Geschichte spielen würde. War sie wirklich eine böse Hexe oder nur eine missverstandene Frau, die das Wissen der alten Zeiten besaß?

Alina hielt inne, als sie auf eine Lichtung stieß. In der Mitte der Lichtung stand eine alte Eiche, deren Stamm von seltsamen Symbolen bedeckt war. Sie trat näher und betrachtete die Zeichen, die in die Rinde geritzt waren. Sie konnte die Bedeutung der Symbole nicht verstehen, aber sie fühlte, dass sie wichtig waren. Es schien, als ob sie eine Botschaft übermittelten, eine Warnung oder ein Schutzzauber.

„Jakob, wo bist du?“ flüsterte sie leise, in der Hoffnung, eine Antwort zu bekommen. Doch die Lichtung blieb still, und nur das Rascheln der Blätter war zu hören. Alina wusste, dass sie weitersuchen musste. Sie nahm ihren Mut zusammen und setzte ihren Weg fort, fest entschlossen, die Wahrheit herauszufinden und ihren Bruder zu retten.

Als die Sonne langsam hinter den Bäumen verschwand und die Dämmerung einsetzte, wurde der Wald noch unheimlicher. Die Geräusche der Nacht erwachten zum Leben, und Alina spürte, wie ihre Anspannung wuchs. Sie baute ein kleines Lager auf und entzündete ein Feuer, das ihr etwas Wärme und Sicherheit gab. Während die Flammen tanzten und Funken in die Dunkelheit stoben, dachte sie an Jakob und hoffte, dass er irgendwo in der Nähe war, sicher und unversehrt.

Mit dem festen Entschluss, ihren Bruder zu finden und das Geheimnis des Waldes zu lüften, legte sich Alina schließlich zum Schlafen nieder. Der Weg vor ihr war noch lang und voller Gefahren, aber sie war bereit, alles zu tun, um Jakob zurückzubringen. Die Nacht war still, und die Sterne funkelten am Himmel, während Alina in einen unruhigen Schlaf fiel, träumend von dunklen Wäldern und verborgenen Geheimnissen.

Der Morgen brach an, und das erste Licht des Tages drang durch das dichte Blätterdach des Waldes. Alina erwachte, müde von den unruhigen Träumen der letzten Nacht. Sie fühlte sich entschlossener denn je, ihren Bruder zu finden und das Geheimnis des Waldes zu lüften. Nach einem schnellen Frühstück machte sie sich auf den Weg, tiefer in den Wald hinein.

Der Wald war still und friedlich, doch eine unheimliche Atmosphäre lag in der Luft. Die

Vögel sangen nicht, und selbst das Rascheln der Blätter schien gedämpft. Alina spürte, dass sie nicht allein war, dass etwas oder jemand sie beobachtete. Sie versuchte, die Angst zu unterdrücken und konzentrierte sich darauf, Hinweise auf Jakobs Verbleib zu finden.

Nach einigen Stunden des Wanderns stieß sie auf eine alte, verfallene Hütte, die halb von Efeu überwuchert war. Die Tür hing schief in den Angeln, und die Fenster waren zerbrochen. Alina näherte sich vorsichtig und spähte durch die Tür. Im Inneren war es dunkel und staubig, aber sie konnte einige Möbelstücke und Regale erkennen, die voller alter Bücher und Fläschchen waren.

„Vielleicht finde ich hier Hinweise", murmelte sie zu sich selbst und trat ein. Der Boden knarrte unter ihren Füßen, und Staub wirbelte in der Luft. Alina durchsuchte die Regale und fand einige alte Schriftrollen und Bücher, die mit seltsamen Symbolen und Zeichnungen bedeckt waren. Sie konnte die Texte nicht lesen, aber sie fühlte, dass sie wichtig waren.

Während sie die Bücher durchblätterte, hörte sie plötzlich ein leises Flüstern. Es war, als ob die Wände der Hütte selbst zu ihr sprachen. Sie drehte sich um, aber niemand war zu sehen. Das Flüstern wurde lauter, und Alina spürte, wie ihre Angst zunahm. Sie beschloss, die Hütte zu verlassen und ihre Suche fortzusetzen.

Kaum hatte sie die Hütte verlassen, als sie auf Berthold traf, der mit ernster Miene auf sie wartete. „Ich habe dich gewarnt, Alina“, sagte er. „Dieser Wald ist gefährlich. Es gibt Dinge, die du nicht verstehen kannst.“

„Ich weiß, Berthold, aber ich muss meinen Bruder finden“, antwortete Alina entschlossen. „Ich habe das Gefühl, dass ich auf der richtigen Spur bin.“

Berthold seufzte und nickte. „Sei vorsichtig. Die Hexe Lysandra ist nicht die einzige Gefahr hier. Es gibt dunkle Mächte, die weit gefährlicher sind.“

Alina versprach, vorsichtig zu sein, und setzte ihren Weg fort. Sie dachte über Bertholds Warnungen nach und fragte sich, was er noch wusste, das er ihr nicht erzählt hatte. Sie wusste, dass sie wachsam bleiben musste.

Während sie weiter durch den Wald ging, bemerkte sie seltsame Zeichen und Symbole an den Bäumen. Es waren die gleichen Symbole, die sie an der alten Eiche gesehen hatte. Sie folgte den Zeichen, die sie tiefer in den Wald führten. Das Flüstern wurde lauter, und sie spürte, dass sie einer Wahrheit näher kam, die sie noch nicht verstand.

Plötzlich hörte sie ein lautes Krachen, gefolgt von einem unheimlichen Lachen. Alina erstarrte und blickte sich um. Die Geräusche kamen aus einer Richtung, die tiefer in den Wald führte. Trotz ihrer

Angst beschloss sie, den Geräuschen zu folgen. Sie wusste, dass sie die Wahrheit herausfinden musste, egal wie gefährlich es war.

Als sie weiterging, stieß sie auf eine weitere Lichtung. In der Mitte der Lichtung stand ein großer, alter Baum, dessen Äste wie knorrige Finger in den Himmel ragten. Am Fuß des Baumes lag eine kleine, verwitterte Truhe. Alina näherte sich vorsichtig und öffnete die Truhe. Darin fand sie alte Schriftstücke und ein Tagebuch, das offensichtlich sehr alt war.

Sie setzte sich unter den Baum und begann, das Tagebuch zu lesen. Es gehörte offenbar einem früheren Dorfbewohner, der ebenfalls nach der Hexe Lysandra gesucht hatte. Die Einträge beschrieben seltsame Ereignisse und Begegnungen mit dunklen Mächten im Wald. Der letzte Eintrag endete abrupt und ließ vermuten, dass der Schreiber nie zurückgekehrt war.

Alina spürte einen kalten Schauer über ihren Rücken laufen. Die Geschichten im Tagebuch klangen beängstigend vertraut. Sie wusste, dass sie vorsichtig sein musste, aber sie konnte nicht aufgeben. Sie nahm das Tagebuch und die Schriftstücke mit und setzte ihren Weg fort.

Die Dämmerung brach erneut herein, und Alina wusste, dass sie bald einen sicheren Platz für die Nacht finden musste. Sie baute ein kleines Lager auf und entzündete ein Feuer. Während die Flammen tanzten und Funken in die Dunkelheit stoben, dachte sie an Jakob und hoffte, dass er irgendwo in der Nähe war, sicher und unversehrt.

Die Nacht war still, und die Sterne funkelten am Himmel. Alina legte sich zum Schlafen nieder, doch ihre Gedanken kreisten um die Ereignisse des Tages. Sie wusste, dass sie einer großen Gefahr gegenüberstand, aber sie war entschlossen, die Wahrheit herauszufinden und ihren Bruder zu retten.

Während sie in einen unruhigen Schlaf fiel, träumte sie von dunklen Wäldern, verborgenen Geheimnissen und der geheimnisvollen Hexe Lysandra. Die Reise war noch lange nicht zu Ende, und Alina wusste, dass die größten Herausforderungen noch vor ihr lagen.

Alina erwachte in der kühlen Morgendämmerung, erschöpft von den beunruhigenden Träumen der letzten Nacht. Der Wald lag still und geheimnisvoll vor ihr, und sie wusste, dass der Weg zur Wahrheit noch viele Gefahren und Herausforderungen mit sich bringen würde. Nach einem schnellen Frühstück packte sie ihre Sachen zusammen und setzte ihre Suche fort, das alte Tagebuch fest in ihrer Hand.

Während sie tiefer in den Wald eindrang, konnte sie die unheimliche Atmosphäre fast körperlich spüren. Die Bäume standen dicht beieinander, ihre Äste verflochten sich zu einem undurchdringlichen Dach, das kaum Licht hindurchließ. Die Luft war feucht und schwer, und jeder Schritt auf dem moosigen Boden schien ein Echo zu erzeugen.

Nach einigen Stunden des Wanderns stieß Alina auf eine weitere Lichtung. In der Mitte der Lichtung erhob sich eine alte, verfallene Kapelle, deren steinerne Mauern von Efeu überwuchert waren. Die Fenster waren zerbrochen, und die Tür stand halb offen. Alina näherte sich vorsichtig und trat ein.

Das Innere der Kapelle war dunkel und still. Alina spürte, wie ihre Nerven angespannt waren, als sie die verfallenen Bänke und den staubigen Altar betrachtete. Auf dem Altar lag ein altes, vergilbtes Buch, das von einem Kerzenständer beleuchtet wurde, dessen Kerzen längst heruntergebrannt waren. Alina nahm das Buch und blätterte vorsichtig darin.

Es war ein altes Buch über magische Rituale und Beschwörungen. Die Seiten waren mit Symbolen und Zeichnungen bedeckt, die denen ähnelten, die sie an den Bäumen gesehen hatte. Alina konnte die Bedeutung der Symbole nicht vollständig verstehen, aber sie fühlte, dass sie eine wichtige Rolle spielten. Während sie weiterlas, fand sie eine Passage, die von einem dunklen Geist sprach, der den Wald heimsuchte und die Seelen derer verschlang, die sich ihm näherten.

Plötzlich hörte sie Schritte hinter sich. Sie drehte sich um und sah einen Mann, der am Eingang der Kapelle stand. Es war Berthold, der Dorfälteste. Seine Augen funkelten im schwachen Licht, und er wirkte besorgt.

„Alina, was tust du hier?“ fragte er streng. „Ich habe dir gesagt, dass dieser Wald gefährlich ist.“

„Ich weiß, Berthold, aber ich muss die Wahrheit herausfinden“, antwortete Alina entschlossen. „Ich habe das Gefühl, dass etwas Dunkles hier im Wald lauert. Etwas, das weit gefährlicher ist als Lysandra.“

Berthold seufzte und trat näher. „Es gibt Dinge, die du nicht verstehst, Alina. Dinge, die besser unentdeckt bleiben.“

„Was weißt du über den dunklen Geist?“ fragte Alina direkt.

Berthold zögerte einen Moment, bevor er sprach. „Es gibt alte Geschichten über einen Geist, der in diesem Wald haust. Ein Geist, der von Hass und Rache getrieben wird. Viele haben versucht, ihn zu besiegen, doch keiner ist je zurückgekehrt.“

Alina spürte, wie sich ein Knoten in ihrem Magen bildete. „Glaubst du, dass dieser Geist für das Verschwinden meines Bruders verantwortlich ist?"

„Es ist möglich", sagte Berthold leise. „Aber sei vorsichtig, Alina. Der Geist ist mächtig und unbarmherzig."

Alina nickte und beschloss, ihre Nachforschungen fortzusetzen. Sie verließ die Kapelle und setzte ihren Weg durch den Wald fort. Die Symbole und Zeichen führten sie tiefer in die Dunkelheit, und sie spürte, dass sie einer großen Entdeckung nahe war.

Nach einiger Zeit stieß sie auf eine alte, halb verfallene Hütte. Die Tür war mit Ranken überwuchert, und die Fenster waren blind vor Dreck. Alina trat ein und fand sich in einem Raum voller alter Bücher und Schriftrollen wieder. Auf einem Tisch lag ein großes Buch, das mit einem Lederriemen verschnürt war. Sie öffnete es vorsichtig und begann zu lesen.

Das Buch war ein Tagebuch, geschrieben von einem Mann namens Elias, der vor vielen Jahren in Eichenhain gelebt hatte. Es erzählte von seiner Suche nach der Hexe Lysandra und den dunklen Mächten, die den Wald heimsuchten. Elias hatte herausgefunden, dass Lysandra einst eine Heilerin gewesen war, die von den Dorfbewohnern verstoßen wurde, weil sie verdächtigt wurde, dunkle Magie zu praktizieren. Doch das Tagebuch enthüllte auch, dass Lysandra nicht die Quelle des Fluchs war. Der wahre Ursprung lag in einem alten, bösen Geist, der den Wald heimsuchte und die Seelen derer verschlang, die sich ihm näherten.

Alina spürte eine Mischung aus Erleichterung und Entsetzen. Lysandra war nicht die böse Hexe, für die sie gehalten wurde. Sie war eine Frau, die versucht hatte, den Geist zu bekämpfen und das Dorf zu schützen. Doch die Dorfbewohner hatten sie missverstanden und verstoßen.

Alina wusste, dass sie Lysandra finden musste, um die Wahrheit zu erfahren und den Fluch zu brechen. Sie verließ die Hütte und setzte ihren Weg fort, fest entschlossen, die Geheimnisse des Waldes zu lüften und ihren Bruder zu retten.

Die Dämmerung brach erneut herein, und Alina wusste, dass sie bald einen sicheren Platz für die Nacht finden musste. Sie baute ein kleines Lager auf und entzündete ein Feuer. Während die Flammen tanzten und Funken in die Dunkelheit stoben, dachte sie an Jakob und hoffte, dass er irgendwo in der Nähe war, sicher und unversehrt.

Die Nacht war still, und die Sterne funkelten am Himmel. Alina legte sich zum Schlafen nieder, doch ihre Gedanken kreisten um die Ereignisse des Tages. Sie wusste, dass sie einer großen Gefahr gegenüberstand, aber sie war entschlossen, die

Wahrheit herauszufinden und ihren Bruder zu retten.

Die Nacht verging langsam, und Alina wachte immer wieder aus unruhigen Träumen auf. Der Wald um sie herum schien lebendig zu sein, die Schatten tanzten im Schein des Feuers und das Flüstern der Bäume drang an ihre Ohren. Als der Morgen endlich anbrach, fühlte sie sich erschöpft, aber entschlossen, ihre Suche fortzusetzen.

Alina folgte weiter den Symbolen und Zeichen, die sie tiefer in den Wald führten. Sie wusste, dass sie bald Lysandra finden würde, und sie hoffte, dass die Hexe ihr helfen konnte, ihren Bruder zu finden und den Fluch zu brechen. Der Weg wurde immer schwieriger, das Unterholz dichter und die Schatten dunkler.

Plötzlich hörte sie das leise Geräusch von fließendem Wasser. Sie folgte dem Klang und stieß auf einen klaren Bach, der sich durch den Wald schlängelte. Am Ufer des Baches sah sie eine Gestalt, die sich über das Wasser beugte. Es war eine Frau mit langem, dunklem Haar, die in einen einfachen Umhang gehüllt war.

Alina näherte sich vorsichtig, unsicher, ob es die Hexe Lysandra war. „Entschuldigen Sie“, sagte sie leise, um die Frau nicht zu erschrecken.

Die Frau richtete sich auf und drehte sich langsam um. Ihre Augen waren tief und durchdringend, und Alina spürte sofort eine mächtige Aura um sie herum. „Bist du Lysandra?“ fragte sie zögernd.

„Ja, das bin ich“, antwortete die Frau mit einer ruhigen, melodischen Stimme. „Und wer bist du, dass du es wagst, mich in meinem Wald zu stören?“

„Mein Name ist Alina“, sagte sie, bemüht, ihre Angst zu verbergen. „Ich suche nach meinem Bruder Jakob, der vor einigen Tagen verschwunden ist. Die Dorfbewohner glauben, dass du etwas damit zu tun hast, aber ich glaube, dass sie sich irren.“

Lysandra betrachtete Alina eine Weile schweigend, bevor sie antwortete. „Die Menschen aus deinem Dorf haben mich schon lange verstoßen und beschuldigen mich für alles Schlechte, das ihnen widerfährt. Aber ich bin nicht die Quelle des Fluchs, der diesen Wald heimsucht.“

Alina spürte eine Mischung aus Erleichterung und Neugier. „Kannst du mir helfen, meinen Bruder zu finden?“

„Vielleicht“, antwortete Lysandra. „Aber du musst verstehen, dass dieser Wald von einer alten, dunklen Macht beherrscht wird. Ein Geist, der nach Rache dürstet und die Seelen derer verschlingt, die sich ihm nähern."

Alina erzählte Lysandra von den Schriftstücken, die sie in der verfallenen Kapelle und der alten Hütte gefunden hatte. Die Hexe hörte aufmerksam zu und nickte, als Alina die Passage über den dunklen Geist erwähnte.

„Dieser Geist war einst ein mächtiger Zauberer", erklärte Lysandra. „Er wurde von seinem eigenen Ehrgeiz und seiner Gier nach Macht zerstört. Nun ist er an diesen Wald gebunden, und seine Rache hat viele unschuldige Leben gefordert."

„Was können wir tun, um ihn zu besiegen?" fragte Alina.

„Es wird nicht einfach sein", antwortete Lysandra. „Aber mit deinem Mut und meiner Magie könnten wir eine Chance haben. Es gibt ein altes Ritual, das den Geist für immer verbannen kann. Doch wir brauchen bestimmte Zutaten und müssen das Ritual an einem bestimmten Ort durchführen."

Lysandra erklärte Alina, dass sie eine seltene Pflanze, die nur an einem versteckten Ort im Wald wuchs, sowie das Blut eines unschuldigen Tieres benötigten. Außerdem mussten sie das Ritual bei Vollmond auf einer Lichtung durchführen, die von alten Steinkreisen umgeben war.

Alina und Lysandra machten sich sofort auf den Weg, um die notwendigen Zutaten zu sammeln. Die Suche war gefährlich und voller Herausforderungen, aber Alina fühlte sich gestärkt durch die Anwesenheit der Hexe. Sie spürte, dass sie die Wahrheit über den Fluch und ihren Bruder herausfinden würde.

Als die Dämmerung hereinbrach, fanden sie schließlich die seltene Pflanze in einer versteckten Ecke des Waldes. Alina pflückte sie vorsichtig und steckte sie in ihren Beutel. Danach machten sie sich auf die Suche nach einem unschuldigen Tier, dessen Blut sie für das Ritual benötigten.

Es dauerte nicht lange, bis sie einen jungen Hirsch fanden, der friedlich im Wald graste. Lysandra murmelte leise Worte, und das Tier legte sich ruhig hin. Alina fühlte einen Stich des Bedauerns, aber sie wusste, dass es notwendig war. Lysandra entnahm vorsichtig das Blut des Tieres und füllte es in eine kleine Flasche.

Mit den gesammelten Zutaten machten sie sich auf den Weg zur Lichtung mit den alten Steinkreisen. Die Nacht war dunkel, und der Mond stieg langsam am Himmel empor. Die Luft war erfüllt von einer unheimlichen Stille, und Alina spürte, wie ihre Anspannung wuchs.

Als sie die Lichtung erreichten, bereiteten sie alles für das Ritual vor. Lysandra zeichnete sorgfältig

Symbole auf den Boden und platzierte die Pflanzen und die Flasche mit dem Blut in der Mitte des Kreises. Sie entzündeten Kerzen und stellten sie um die Symbole herum auf.

„Bist du bereit?“ fragte Lysandra leise.

Alina nickte, obwohl ihr Herz heftig schlug. „Ja, ich bin bereit.“

Lysandra begann, die alten Worte des Rituals zu rezitieren, und Alina spürte, wie die Luft um sie herum zu vibrieren begann. Die Flammen der Kerzen flackerten, und ein kalter Wind wehte durch die Lichtung. Alina konnte das Flüstern des Geistes hören, und sie wusste, dass sie ihn herausforderten.

Die Nacht war erfüllt von unheimlichen Geräuschen, als Lysandra das Ritual fortsetzte. Alina konzentrierte sich auf die Symbole und die Flammen, spürte die Macht des Geistes, der gegen das Ritual ankämpfte. Es war ein Kampf des Willens, und sie wusste, dass sie stark bleiben musste.

Schließlich erreichte das Ritual seinen Höhepunkt. Lysandra sprach die letzten Worte mit aller Kraft, die sie aufbringen konnte. Die Flammen der Kerzen loderten auf, und ein grelles Licht erfüllte die Lichtung. Alina konnte den Geist schreien hören, ein durchdringender Schrei des Zorns und der Verzweiflung.

Mit einem letzten Knall verschwand das Licht, und die Nacht wurde still. Der Geist war besiegt, und der Fluch war gebrochen. Alina sank erschöpft zu Boden, ihre Kräfte waren völlig aufgebraucht. Lysandra kniete sich neben sie und legte eine Hand auf ihre Schulter.

„Wir haben es geschafft, Alina“, sagte sie sanft. „Der Fluch ist gebrochen.“

Alina konnte es kaum glauben. Die ständige Angst und die unheimlichen Vorkommnisse waren endlich vorbei. Doch sie wusste, dass sie nie vergessen würde, was sie erlebt hatte. Der Fluch des Waldes hatte tiefe Spuren in ihrer Seele hinterlassen, und sie wusste, dass sie vorsichtiger sein musste, wenn sie sich in Zukunft mit solchen dunklen Mächten auseinandersetzte.

Die Nacht war wieder still geworden, die unheimlichen Geräusche hatten aufgehört, und der Fluch war gebrochen. Doch Alina und Lysandra wussten, dass der Kampf noch nicht vorbei war. Der dunkle Geist war besiegt, aber seine Präsenz war noch immer spürbar, und sie mussten sicherstellen, dass er nie wieder zurückkehren würde.

Alina erhob sich mühsam vom Boden und blickte zu Lysandra. „Was müssen wir jetzt tun?“ fragte sie, ihre Stimme zitterte vor Erschöpfung und Entschlossenheit.

„Wir müssen sicherstellen, dass der Geist vollständig verbannt wird“, antwortete Lysandra. „Es gibt ein letztes Ritual, das wir durchführen müssen, um den Geist endgültig zu bannen. Wir müssen zum Herz des Waldes gehen, zu dem Ort, an dem der Geist einst beschworen wurde.“

Alina nickte und sammelte ihre Kräfte. Gemeinsam machten sie sich auf den Weg, tiefer in den Wald hinein. Der Mond schien hell und beleuchtete ihren Pfad, doch die Schatten des Waldes wirkten dunkler und bedrohlicher als je zuvor.

Nach einigen Stunden des Wanderns erreichten sie eine weitere Lichtung. Diese war anders als die vorherigen, die sie gesehen hatten. In der Mitte stand ein großer, alter Baum, dessen Äste wie knorrige Finger in den Himmel ragten. Der Baum war von seltsamen Symbolen und Runen bedeckt, die in seine Rinde geschnitzt waren. Dies musste der Ort sein, an dem der dunkle Geist beschworen worden war.

„Das ist der Ort“, sagte Lysandra leise. „Hier wurde der Geist vor vielen Jahren beschworen, und hier müssen wir ihn auch verbannen.“

Alina und Lysandra bereiteten sich auf das letzte Ritual vor. Sie zeichneten erneut Symbole auf den Boden und entzündeten Kerzen, die den Baum umgaben. Lysandra begann, die alten Worte des Rituals zu rezitieren, und Alina spürte, wie die Luft um sie herum erneut zu vibrieren begann.

Plötzlich spürten sie eine eisige Kälte, die den Wald durchdrang. Ein dunkler Schatten erhob sich vor ihnen, und der Geist erschien in seiner vollen, schrecklichen Gestalt. Seine Augen glühten vor Zorn, und seine Stimme war ein schneidendes Flüstern, das durch die Luft schnitt. „Ihr wagt es, mich herauszufordern? Ihr werdet für eure Dreistigkeit bezahlen!“

Lysandra verstärkte ihre Beschwörungen, und Alina konzentrierte sich auf die Symbole, die sie gezeichnet hatten. Der Kampf des Willens begann erneut, und der Geist kämpfte mit aller Macht gegen das Ritual an. Die Flammen der Kerzen flackerten heftig, und der Wind heulte durch die Lichtung.

Alina spürte, wie ihre Kräfte schwanden, doch sie wusste, dass sie nicht aufgeben durfte. Sie dachte an ihren Bruder Jakob und die anderen Dorfbewohner, die auf ihre Rückkehr hofften. Mit aller Kraft, die sie noch aufbringen konnte, sprach sie die Worte des Rituals, die Lysandra ihr beigebracht hatte.

Der Geist schrie vor Zorn und Verzweiflung, als das Ritual seine Macht entfesselte. Das grelle Licht, das von den Symbolen und den Kerzen ausging, wurde intensiver, und der Geist wurde langsam in den Boden gezogen. Alina konnte den Widerstand des Geistes spüren, doch sie hielt standhaft.

Plötzlich hörten sie ein Geräusch im Unterholz. Berthold und einige andere Dorfbewohner tauchten auf der Lichtung auf. Sie hatten Fackeln und Waffen dabei, bereit, Alina und Lysandra zu unterstützen. „Wir werden euch nicht allein kämpfen lassen“, rief Berthold entschlossen. „Wir werden diesen Geist gemeinsam verbannen!“

Mit der Unterstützung der Dorfbewohner verstärkte sich die Macht des Rituals. Die Flammen der Fackeln verschmolzen mit dem Licht der Kerzen, und der Geist schrie ein letztes Mal, bevor er endgültig im Boden verschwand. Die Symbole auf dem Baum leuchteten hell auf, und dann war es plötzlich still.

Der Geist war verbannt, und der Fluch war endgültig gebrochen. Alina sank erschöpft zu Boden, ihre Kräfte waren völlig aufgebraucht. Berthold kniete sich neben sie und legte eine Hand auf ihre Schulter. „Du hast es geschafft, Alina. Der Geist ist besiegt.“

Lysandra lächelte erschöpft, aber zufrieden. „Ihr alle habt geholfen, diesen Fluch zu brechen. Der Wald ist endlich frei.“

Die Dorfbewohner jubelten und umarmten sich. Sie hatten gemeinsam gegen die dunklen Mächte gekämpft und gesiegt. Alina fühlte eine tiefe Erleichterung und Dankbarkeit. Sie hatte ihren Bruder Jakob noch nicht gefunden, aber sie wusste, dass er irgendwo in der Nähe sein musste, sicher und unversehrt.

Am nächsten Morgen machten sich Alina und die Dorfbewohner auf die Suche nach Jakob und den anderen vermissten Dorfbewohnern. Der Wald war nun friedlich und still, und die dunkle Präsenz war verschwunden. Nach einigen Stunden des Suchens fanden sie Jakob und die anderen in einer versteckten Höhle. Sie waren erschöpft, aber lebendig.

Alina umarmte ihren Bruder fest und versprach ihm, dass sie ihn nie wieder allein lassen würde. Die Dorfbewohner kehrten glücklich ins Dorf zurück, dankbar, dass der Fluch gebrochen war und ihre Liebsten sicher waren.

Die Rückkehr ins Dorf Eichenhain war von Erleichterung und Freude geprägt. Die Dorfbewohner feierten die Rückkehr der Vermissten und das Ende des Fluchs, der sie so lange heimgesucht hatte. Alina und Jakob wurden als Helden gefeiert, und auch Lysandra wurde mit Dankbarkeit und Respekt empfangen. Die einst gefürchtete Hexe war nun die Retterin des Dorfes.

Am nächsten Morgen versammelten sich die Dorfbewohner auf dem Marktplatz, um über die Ereignisse zu sprechen und die Zukunft zu planen. Berthold, der Dorfälteste, trat vor und hob die Hände, um Ruhe zu bitten. „Wir haben gemeinsam eine große Gefahr gebannt und unsere Gemeinschaft gestärkt. Lasst uns nun darüber sprechen, wie wir unsere Dankbarkeit zeigen und sicherstellen können, dass so etwas nie wieder passiert."

Alina stand neben ihrem Bruder und hielt seine Hand fest. Sie wusste, dass der Weg vor ihnen noch viele Herausforderungen bereithielt, aber sie fühlte sich gestärkt durch die Unterstützung ihrer Gemeinschaft. „Lysandra hat uns geholfen, den Fluch zu brechen", sagte sie laut. „Wir sollten ihr unsere Dankbarkeit zeigen und sie wieder als unsere Heilerin annehmen."

Die Dorfbewohner murmelten zustimmend. Viele hatten die alte Heilerin einst geschätzt, bevor die Angst und die Vorurteile sie vertrieben hatten. Nun, da die Wahrheit ans Licht gekommen war, waren sie bereit, ihre Fehler einzugestehen und Lysandra zurück in ihre Mitte zu holen.

Lysandra trat vor, ihre Augen waren voller Dankbarkeit und Erleichterung. „Ich danke euch für euer Vertrauen“, sagte sie. „Ich werde alles tun, um dieses Vertrauen zu rechtfertigen und euch mit meinem Wissen und meinen Fähigkeiten zu dienen.“

Berthold nickte und legte eine Hand auf Lysandras Schulter. „Wir sind froh, dich wieder in unserer Gemeinschaft zu haben, Lysandra. Gemeinsam werden wir dafür sorgen, dass unser Dorf sicher bleibt.“

In den folgenden Tagen und Wochen arbeitete Lysandra hart daran, das Vertrauen der Dorfbewohner zurückzugewinnen. Sie heilte Kranke, half bei der Feldarbeit und teilte ihr Wissen über die Heilkräfte der Natur. Alina unterstützte sie dabei und lernte viel über die alten Heilmethoden und Rituale.

Die Dorfbewohner begannen, ihre alten Vorurteile abzulegen und erkannten, dass Lysandra eine wertvolle Verbündete war. Die Angst vor dem Wald schwand, und die Menschen begannen, die Schönheit und den Frieden, den er bot, zu schätzen. Der Wald war nun ein Ort des Wissens und der Heilung, nicht mehr ein Ort der Dunkelheit und des Schreckens.

Eines Abends, als die Sonne hinter den Bäumen unterging und das Dorf in goldenes Licht tauchte, saßen Alina, Jakob und Lysandra zusammen vor dem Haus der Heilerin. Sie sprachen über die Ereignisse der letzten Wochen und die Zukunft, die vor ihnen lag.

„Ich bin froh, dass wir gemeinsam gegen den Geist gekämpft haben“, sagte Jakob. „Ich habe viel gelernt und weiß jetzt, dass wir alle zusammenhalten müssen, um solche Gefahren zu überwinden.“

Alina lächelte und legte einen Arm um ihren Bruder. „Wir haben viel durchgemacht, aber wir sind stärker daraus hervorgegangen. Ich bin so froh, dass du wieder bei uns bist.“

Lysandra nickte zustimmend. „Die Vergangenheit hat uns gelehrt, dass Angst und Vorurteile zerstörerisch sind. Aber wir haben auch gelernt, dass Mut und Zusammenhalt uns schützen können. Wir dürfen nie vergessen, was wir gemeinsam erreicht haben.“

In den folgenden Monaten blühte das Dorf Eichenhain auf. Die Dorfbewohner arbeiteten zusammen, um ihr Leben zu verbessern und ihre Gemeinschaft zu stärken. Lysandra wurde wieder als die weise Heilerin geschätzt, die sie immer gewesen war, und Alina setzte ihre Studien der alten Heilmethoden fort.

Jahre später saß Alina in ihrem Haus und schrieb ihre Erlebnisse nieder. Das Buch, das sie schrieb, sollte die Geschichte von Eichenhain und den Ereignissen, die sie durchlebt hatten, für zukünftige Generationen festhalten. Sie wollte sicherstellen, dass die Wahrheit niemals vergessen wurde und dass die Menschen aus der Vergangenheit lernten.

„Es war eine Zeit der Dunkelheit und des Lichts", schrieb sie. „Wir haben gegen die Dunkelheit gekämpft und gemeinsam das Licht gefunden. Möge unsere Geschichte immer daran erinnern, dass Mut, Zusammenhalt und Vertrauen die größten Kräfte sind, die wir besitzen."

Als sie die letzten Worte schrieb, fühlte Alina eine tiefe Zufriedenheit. Sie hatte ihren Beitrag geleistet, um die Wahrheit zu bewahren und die Erinnerung an die Ereignisse lebendig zu halten. Der Wald war nun ein Ort des Wissens und der Heilung, und das Dorf Eichenhain blühte weiter.

Alina blickte aus dem Fenster und sah, wie die Sonne hinter den Bäumen unterging. Sie dachte an die Herausforderungen, die sie gemeistert hatten, und an die Zukunft, die vor ihnen lag. Sie wusste, dass sie bereit war, jeder neuen Herausforderung entgegenzutreten, die das Leben ihr stellte.

Mit einem letzten Blick auf die untergehende Sonne schloss Alina ihr Buch und legte es zur

Seite. Die Sterne funkelten am Himmel, und die Nacht war friedlich. Alina wusste, dass sie und ihre Gemeinschaft immer stark bleiben würden, solange sie zusammenhielten.

Das verbotene Buch

Leonhard war ein junger Gelehrter, der in der großen Bibliothek des Klosters St. Benedictus lebte und arbeitete. Die Bibliothek war berühmt für ihre umfangreiche Sammlung alter Schriften und Manuskripte, und Leonhard verbrachte seine Tage damit, die alten Texte zu studieren und zu katalogisieren. Er war ein leidenschaftlicher Forscher, der nach Wissen und Weisheit strebte.

Die Bibliothek war ein Ort der Ruhe und des Wissens. Die hohen Regale waren gefüllt mit staubigen Büchern und Schriftrollen, und das Licht der Sonne fiel durch die farbigen Glasfenster und tauchte den Raum in ein warmes, goldenes Licht. Die Luft war erfüllt von dem beruhigenden Duft alter Bücher und dem gelegentlichen Rascheln der Seiten, wenn ein Mönch oder Gelehrter eine neue Entdeckung machte. Leonhard liebte es, in den alten Büchern zu stöbern und die Geschichten und Geheimnisse der Vergangenheit zu entdecken.

Eines Tages, als er in den tiefen Ecken der Bibliothek nach neuen Schätzen suchte, stieß er auf ein altes, verblichenes Buch, das in einer versteckten Nische lag. Das Buch war in dunkles Leder gebunden und mit seltsamen Symbolen und Zeichen verziert, die Leonhard nicht kannte. Die Symbole waren in das Leder geprägt und wirkten wie Runen aus einer längst vergessenen Zeit. Neugierig nahm er das Buch und blies den Staub von den Seiten. Es fühlte sich an, als ob das Buch seit Jahrhunderten unberührt dort gelegen hatte, und eine leichte Gänsehaut kroch über Leonhards Arme, als er es öffnete.

„Was hast du da gefunden?“ fragte eine Stimme hinter ihm. Es war Meister Gregor, der alte Bibliothekar und Leonhards Mentor. Meister Gregor war ein weiser und erfahrener Mann, der die Geheimnisse der Bibliothek kannte wie kein anderer. Sein Gesicht war von tiefen Falten durchzogen, und seine Augen funkelten neugierig und zugleich besorgt, als er das Buch in Leonhards Händen sah.

„Ich habe dieses alte Buch gefunden“, antwortete Leonhard und zeigte es ihm. „Es scheint sehr alt und geheimnisvoll zu sein. Ich würde gerne herausfinden, was es enthält.“

Meister Gregor betrachtete das Buch mit ernster Miene. „Das ist ein gefährliches Buch, Leonhard“, sagte er leise. „Es enthält verbotene Magie und dunkle Geheimnisse, die nie ans Licht kommen sollten. Du musst es zurücklegen und vergessen, dass du es gefunden hast.“

Leonhard spürte eine Mischung aus Faszination und Angst. „Aber Meister Gregor, wie können wir wissen, ob es wirklich gefährlich ist, wenn wir es nicht studieren? Vielleicht enthält es wertvolle Erkenntnisse und Weisheit.“

„Manche Dinge sollten besser verborgen bleiben", antwortete Meister Gregor streng. „Dieses Buch hat in der Vergangenheit viel Unheil gebracht, und ich will nicht, dass sich die Geschichte wiederholt. Versprich mir, dass du es nicht anrührst."

Leonhard versprach es, doch die Neugier ließ ihn nicht los. In den folgenden Tagen konnte er an nichts anderes denken als an das verbotene Buch und die Geheimnisse, die es enthielt. Jede Nacht träumte er von den seltsamen Symbolen und den Möglichkeiten, die sie verbargen. Schließlich konnte er der Versuchung nicht widerstehen und beschloss, das Buch heimlich zu studieren.

Nachts, wenn die Bibliothek leer und still war, schlich Leonhard sich zu der versteckten Nische und holte das Buch hervor. Er zündete eine Kerze an und begann, die alten Seiten zu durchblättern. Die Schrift war in einer fremden, alten Sprache verfasst, doch Leonhard konnte einige Worte und Symbole entziffern. Er erkannte, dass das Buch Hinweise auf verbotene Magie und dunkle Rituale enthielt, die längst vergessen und verboten waren.

Fasziniert und gleichzeitig beunruhigt, setzte Leonhard sein Studium fort. Er wusste, dass er ein gefährliches Spiel spielte, doch die Aussicht, unbekannte Geheimnisse zu enthüllen, war zu verlockend. Jede Nacht verbrachte er Stunden damit, das Buch zu lesen und seine Bedeutung zu entschlüsseln. Dabei merkte er nicht, wie die Zeit verging und die Kerzen langsam herunterbrannten.

Eines Nachts, als er besonders tief in das Studium vertieft war, bemerkte er seltsame Veränderungen in der Bibliothek. Die Schatten schienen länger und dunkler zu werden, und ein unheimliches Flüstern drang an seine Ohren. Er spürte eine Kälte, die durch den Raum zog, und sein Herz schlug schneller vor Angst. Es war, als ob das Buch selbst lebendig geworden wäre und eine dunkle Macht entfesselte.

Leonhard wusste, dass er etwas Böses geweckt hatte, doch er konnte nicht aufhören. Er musste herausfinden, was das Buch wirklich bedeutete und wie er die drohende Gefahr abwenden konnte. Die nächsten Tage und Nächte verbrachte er in einer Mischung aus Faszination und Schrecken, als er immer tiefer in die dunklen Geheimnisse des Buches eintauchte.

Doch je mehr er las, desto mehr begann er zu begreifen, dass die Warnungen von Meister Gregor nicht unbegründet waren. Die Rituale und Beschwörungen im Buch waren mächtig und gefährlich, und die dunkle Magie begann, sich in seinem Leben auszubreiten. Seltsame und beängstigende Ereignisse begannen im Kloster und im Dorf aufzutreten, und Leonhard fühlte sich zunehmend verantwortlich für das Unheil, das er entfesselt hatte.

Eines Abends, als er gerade dabei war, eine besonders komplexe Passage zu entziffern, hörte er ein leises Klopfen an seiner Tür. Er schreckte auf und sah Meister Gregor in der Tür stehen, seine Augen voller Sorge und Zorn. „Leonhard, was hast du getan?“ fragte er mit bebender Stimme. „Ich habe dich gewarnt, doch du hast nicht auf mich gehört.“

Leonhard senkte schuldbewusst den Kopf. „Es tut mir leid, Meister Gregor. Ich konnte der Versuchung nicht widerstehen. Aber jetzt weiß ich, dass ich einen Fehler gemacht habe. Bitte hilf mir, das Unheil rückgängig zu machen.“

Meister Gregor seufzte und trat näher. „Es wird nicht einfach sein, Leonhard. Aber gemeinsam werden wir einen Weg finden. Wir müssen das Buch versiegeln und den Fluch, den du entfesselt hast, brechen, bevor es zu spät ist.“

Leonhard fühlte eine Mischung aus Erleichterung und Angst. Er wusste, dass der Weg vor ihnen voller Gefahren und Herausforderungen war, doch er war entschlossen, seinen Fehler wiedergutzumachen und das Unheil, das er entfesselt hatte, zu stoppen.

In den folgenden Tagen und Nächten wurde das Kloster St. Benedictus von unheimlichen Ereignissen heimgesucht. Die Mönche berichteten von seltsamen Geräuschen in den Hallen, Flüstern und Schreien, die aus den Schatten zu kommen schienen. Einige der älteren Mönche erinnerten sich an ähnliche Ereignisse aus der Vergangenheit und wussten, dass dunkle Mächte am Werk waren.

Leonhard und Meister Gregor arbeiteten unermüdlich daran, die Rituale und Beschwörungen im Buch zu entschlüsseln, um einen Weg zu finden, den Fluch zu brechen. Doch je mehr sie lasen, desto tiefer schien die Dunkelheit in ihre Seelen einzudringen. Die Texte waren voller Warnungen und Verfluchungen, und es schien, als ob das Buch selbst versuchte, sie zu vernichten.

Eines Abends, als Leonhard besonders erschöpft und verzweifelt war, beschloss er, frische Luft zu schnappen und einen Spaziergang durch das Dorf zu machen. Das Dorf lag friedlich unter dem sternenklaren Himmel, doch Leonhard konnte die unheimliche Präsenz der dunklen Magie spüren, die sich über das Land gelegt hatte.

Er ging durch die leeren Straßen und dachte über die letzten Ereignisse nach, als er plötzlich ein leises Schluchzen hörte. Er folgte dem Geräusch und fand eine junge Frau, die auf den Stufen des Dorfbrunnens saß und weinte. Ihr langes, blondes

Haar fiel in sanften Wellen über ihre Schultern, und ihre Augen waren rot und geschwollen vor Kummer.

„Ist alles in Ordnung?“ fragte Leonhard besorgt und kniete sich neben sie.

Die Frau hob den Kopf und sah ihn mit tränenerfüllten Augen an. „Nein, es ist nicht in Ordnung“, sagte sie leise. „Seltsame Dinge geschehen im Dorf. Menschen verschwinden, und niemand weiß, was los ist.“

Leonhard spürte, wie sein Herz sich zusammenzog. „Mein Name ist Leonhard. Ich bin ein Gelehrter aus dem Kloster St. Benedictus. Vielleicht kann ich dir helfen. Was ist passiert?“

„Mein Name ist Isolde“, antwortete die junge Frau. „Mein kleiner Bruder ist vor zwei Tagen verschwunden, und niemand kann mir sagen, wo er ist. Ich habe überall nach ihm gesucht, aber es ist, als ob er sich in Luft aufgelöst hätte.“

Leonhard erkannte, dass Isoldes Bruder wahrscheinlich ein Opfer der dunklen Magie geworden war, die er entfesselt hatte. „Isolde, ich werde dir helfen, deinen Bruder zu finden“, sagte er entschlossen. „Aber du musst mir vertrauen und mir alles erzählen, was du weißt.“

Isolde erzählte ihm von den seltsamen Vorkommnissen im Dorf. Menschen verschwanden spurlos, Tiere verhielten sich merkwürdig, und die Dorfbewohner hörten unheimliche Geräusche in der Nacht. Leonhard wusste, dass die dunkle Magie, die er aus dem verbotenen Buch entfesselt hatte, die Ursache war.

„Ich habe etwas Unheilvolles entfesselt, das unser Dorf bedroht“, gestand Leonhard. „Ich habe ein verbotenes Buch gelesen, das dunkle Magie enthält, und jetzt muss ich einen Weg finden, den Fluch zu brechen.“

Isolde sah ihn mit großen Augen an. „Dann müssen wir zusammenarbeiten“, sagte sie entschlossen. „Ich werde dir helfen, den Fluch zu brechen und meinen Bruder zu finden.“

Leonhard war erleichtert, dass Isolde ihm helfen wollte. Gemeinsam kehrten sie ins Kloster zurück und setzten ihre Suche nach Antworten fort. Sie verbrachten Tage und Nächte damit, das Buch zu studieren und nach Hinweisen zu suchen, die ihnen helfen könnten, die dunkle Macht zu besiegen.

Während ihrer Studien entdeckten sie, dass das Buch von einem mächtigen Zauberer geschrieben worden war, der vor vielen Jahrhunderten lebte. Der Zauberer hatte dunkle Rituale und Beschwörungen entwickelt, um unermessliche Macht zu erlangen, doch seine Gier hatte ihn schließlich ins Verderben geführt. Seine Seele war an das Buch gebunden, und jeder, der es las, riskierte, von seiner dunklen Macht verführt und zerstört zu werden.

Leonhard und Isolde fanden auch Hinweise auf frühere Versuche, den Fluch zu brechen. Einige Gelehrte und Mönche hatten Rituale durchgeführt, um die dunkle Macht zu bannen, doch sie waren alle gescheitert. Ihre Aufzeichnungen endeten abrupt, und ihre Schicksale blieben unbekannt.

„Wir müssen einen Weg finden, das Ritual richtig durchzuführen", sagte Leonhard. „Es muss einen Schlüssel geben, den die anderen übersehen haben."

Isolde stimmte zu und begann, das Buch nach Hinweisen zu durchsuchen. „Vielleicht gibt es eine Verbindung zwischen den Symbolen und den Orten, an denen die Rituale durchgeführt wurden", sagte sie nachdenklich. „Wir sollten die alten Aufzeichnungen durchsuchen und herausfinden, wo die früheren Rituale stattfanden."

Leonhard und Isolde verbrachten Stunden damit, die alten Manuskripte und Aufzeichnungen in der Bibliothek zu durchforsten. Sie fanden Hinweise auf versteckte Orte im Wald und in den Hügeln rund um das Dorf, an denen die Rituale durchgeführt worden waren. Einige der Orte waren mit seltsamen Symbolen und Runen markiert, die auch im verbotenen Buch vorkamen.

„Wir müssen diese Orte aufsuchen und herausfinden, ob wir dort Hinweise finden“, sagte Leonhard entschlossen. „Vielleicht können wir das fehlende Puzzleteil finden, das uns helfen wird, den Fluch zu brechen.“

Isolde stimmte zu und bereitete sich darauf vor, Leonhard auf seiner Suche zu begleiten. Sie wussten, dass die Reise gefährlich sein würde, doch sie waren entschlossen, das Dorf und seine Bewohner vor der drohenden Dunkelheit zu retten.

Leonhard und Isolde machten sich früh am nächsten Morgen auf den Weg, um die versteckten Orte aufzusuchen, die in den alten Aufzeichnungen erwähnt wurden. Sie waren mit Proviant und einer Karte ausgestattet, auf der die möglichen Standorte der Rituale markiert waren. Der Wald, der das Dorf umgab, war dicht und geheimnisvoll, voller alter Bäume und verborgener Pfade.

Der erste Ort, den sie erreichten, war eine kleine Lichtung tief im Wald. In der Mitte der Lichtung stand ein alter, verfallener Altar, der mit seltsamen Runen und Symbolen bedeckt war. Leonhard und Isolde untersuchten den Altar sorgfältig und fanden Hinweise darauf, dass hier vor vielen Jahren ein Ritual durchgeführt worden war.

„Schau hier“, sagte Isolde und zeigte auf eine Inschrift auf dem Altar. „Das sind die gleichen Symbole wie in dem verbotenen Buch. Es scheint, als ob jemand versucht hat, den Fluch zu bannen.“

Leonhard nickte nachdenklich. „Aber es scheint, als ob das Ritual nicht erfolgreich war. Wir müssen herausfinden, was schiefgelaufen ist.“

Sie suchten die Lichtung gründlich ab und fanden einige alte Schriftstücke, die in einer kleinen Truhe vergraben waren. Die Schriftstücke waren in einer alten Sprache verfasst, aber Leonhard konnte genug davon verstehen, um herauszufinden, dass der Schlüssel zum erfolgreichen Ritual in der richtigen Kombination der Symbole lag.

„Es gibt Hinweise darauf, dass die Symbole in einer bestimmten Reihenfolge angeordnet werden müssen“, sagte Leonhard. „Wenn wir die richtige Reihenfolge finden, können wir den Fluch vielleicht brechen.“

Isolde und Leonhard setzten ihre Suche fort und besuchten weitere versteckte Orte im Wald. Jeder Ort enthielt neue Hinweise und Fragmente von Informationen, die ihnen halfen, das Puzzle Stück für Stück zusammenzusetzen. Sie fanden alte Steinkreise, verfallene Tempel und geheime Höhlen, die alle mit den gleichen Symbolen und Runen bedeckt waren.

Eines Nachmittags stießen sie auf eine besonders gut versteckte Höhle, deren Eingang von dichten Ranken und Gestrüpp verdeckt war. Im Inneren der Höhle fanden sie eine Kammer, die mit den gleichen Symbolen und Runen bedeckt war wie die anderen Orte. In der Mitte der Kammer stand ein steinerner Tisch, auf dem ein altes Buch lag.

„Das muss es sein“, sagte Leonhard aufgeregt. „Das Buch könnte uns die fehlenden Informationen liefern, die wir brauchen.“

Sie öffneten das Buch vorsichtig und begannen, die Seiten zu durchblättern. Die Schrift war in einer alten, schwer lesbaren Sprache verfasst, doch Leonhard und Isolde konnten einige wichtige Passagen entziffern. Das Buch beschrieb detailliert das Ritual, das notwendig war, um die dunkle Macht zu bannen, und enthielt auch Hinweise auf die richtige Reihenfolge der Symbole.

„Wir haben es“, sagte Leonhard erleichtert. „Das ist der Schlüssel, den wir gesucht haben. Wir müssen die Symbole in der richtigen Reihenfolge anordnen und das Ritual durchführen.“

Isolde nickte zustimmend. „Wir müssen uns beeilen. Die dunkle Macht wird stärker, und wir haben nicht viel Zeit.“

Mit dem neuen Wissen machten sie sich auf den Weg zurück ins Kloster, um Meister Gregor von ihren Entdeckungen zu berichten. Als sie ankamen, fanden sie den alten Bibliothekar in der Bibliothek, vertieft in seine Studien. Leonhard und Isolde erzählten ihm alles, was sie gefunden hatten, und zeigten ihm das Buch aus der Höhle.

Meister Gregor hörte aufmerksam zu und nickte. „Ihr habt großartige Arbeit geleistet", sagte er anerkennend. „Aber das Ritual wird gefährlich sein. Wir müssen uns gut vorbereiten und sicherstellen, dass wir alles richtig machen."

Die nächsten Tage verbrachten sie damit, das Ritual sorgfältig vorzubereiten. Sie zeichneten die Symbole auf und ordneten sie in der richtigen Reihenfolge an. Sie sammelten die notwendigen Zutaten und bereiteten alles für das Ritual vor. Die Spannung war greifbar, und alle wussten, dass der Erfolg des Rituals über das Schicksal des Dorfes entscheiden würde.

Als die Nacht des Rituals endlich anbrach, versammelten sich Leonhard, Isolde und Meister Gregor in der großen Halle des Klosters. Die Symbole waren auf dem Boden aufgemalt, und die Zutaten lagen bereit. Leonhard begann, die alten Worte des Rituals zu rezitieren, und Isolde und Meister Gregor unterstützten ihn.

Die Luft in der Halle wurde schwer und dicht, und ein unheimliches Flüstern erfüllte den Raum. Die Kerzenflammen flackerten heftig, und die Schatten schienen sich zu bewegen. Leonhard spürte die Präsenz der dunklen Macht und konzentrierte sich darauf, das Ritual zu beenden.

Plötzlich wurde die Tür zur Halle aufgerissen, und eine dunkle Gestalt stürmte herein. Es war die dunkle Macht, die sie geweckt hatten. Ihre Augen glühten vor Zorn, und ihre Stimme war ein schneidendes Flüstern, das durch die Luft schnitt. „Ihr wagt es, mich herauszufordern? Ihr werdet für eure Dreistigkeit bezahlen!“

Leonhard, Isolde und Meister Gregor hielten standhaft und setzten das Ritual fort. Die dunkle Macht versuchte, sie zu überwältigen, doch sie gaben nicht nach. Das grelle Licht der Symbole wurde intensiver, und die dunkle Gestalt schrie vor Zorn und Verzweiflung.

Mit einem letzten, kraftvollen Ausruf beendete Leonhard das Ritual. Ein grelles Licht erfüllte die Halle, und die dunkle Macht wurde in den Boden gezogen. Die Symbole leuchteten hell auf, und dann war es plötzlich still.

Die dunkle Macht war gebannt, und der Fluch war gebrochen. Leonhard sank erschöpft zu Boden, seine Kräfte waren völlig aufgebraucht. Isolde und Meister Gregor knieten sich neben ihn und legten beruhigend eine Hand auf seine Schulter.

„Wir haben es geschafft", sagte Meister Gregor leise. „Der Fluch ist gebrochen."

Die Nachricht, dass Leonhard, Isolde und Meister Gregor den Fluch gebrochen hatten, verbreitete sich schnell im Dorf. Die Dorfbewohner fühlten sich erleichtert und hofften, dass die unheimlichen Ereignisse nun ein Ende gefunden hatten. Doch es dauerte nicht lange, bis neue, noch beängstigendere Phänomene auftraten.

Eines Nachts wurde das Dorf von einem unheimlichen Heulen geweckt. Die Dorfbewohner liefen aus ihren Häusern und sahen, wie ein seltsames, unnatürliches Licht den Wald erleuchtete. Schatten bewegten sich zwischen den Bäumen, und das Heulen wurde lauter und bedrohlicher. Die Menschen hatten Angst und wussten nicht, was sie tun sollten.

Leonhard, Isolde und Meister Gregor eilten zum Dorfplatz, um herauszufinden, was vor sich ging. Sie sahen, wie die Dorfbewohner in Panik gerieten und versuchten, sich und ihre Familien in Sicherheit zu bringen. Das unheimliche Licht und das Heulen schienen aus dem Wald zu kommen, und Leonhard wusste, dass die dunkle Macht noch nicht vollständig gebannt war.

„Wir müssen etwas tun", sagte Isolde entschlossen. „Das Dorf ist in Gefahr."

„Wir haben das Ritual richtig durchgeführt“, sagte Meister Gregor nachdenklich. „Aber vielleicht haben wir etwas übersehen. Es muss noch eine weitere Komponente geben, die wir finden und neutralisieren müssen.“

Leonhard nickte und konzentrierte sich auf die Symbole und die Anweisungen aus dem verbotenen Buch. „Es gibt noch eine Passage im Buch, die ich nicht vollständig verstanden habe“, sagte er. „Vielleicht liegt dort die Lösung.“

Sie kehrten eilig ins Kloster zurück und schlugen das verbotene Buch erneut auf. Die Passage, die Leonhard erwähnte, beschrieb ein weiteres Ritual, das nur bei Vollmond durchgeführt werden konnte. Dieses Ritual sollte die letzte Verbindung zur dunklen Macht kappen und sie endgültig verbannen.

„Wir müssen das Ritual heute Nacht durchführen“, sagte Leonhard. „Der Vollmond steht hoch am Himmel, und wir dürfen keine Zeit verlieren.“

Sie bereiteten alles für das Ritual vor und machten sich auf den Weg zu der Lichtung im Wald, die sie bereits entdeckt hatten. Das unheimliche Licht und das Heulen waren noch immer präsent, und die Atmosphäre war voller Bedrohung. Die Dorfbewohner folgten ihnen aus sicherer Entfernung und hofften, dass die Gelehrten die Dunkelheit ein für alle Mal besiegen würden.

Auf der Lichtung bereiteten sie die Symbole und die Zutaten vor. Die Luft war schwer und drückend, und das unheimliche Licht tauchte alles in einen gespenstischen Schein. Leonhard, Isolde und Meister Gregor begannen, die alten Worte des Rituals zu rezitieren, und die Symbole auf dem Boden leuchteten auf.

Plötzlich erschien die dunkle Gestalt erneut, doch diesmal war sie stärker und bedrohlicher. Ihre Augen glühten vor Zorn, und ihre Stimme war ein durchdringendes Heulen, das den Wald erschütterte. „Ihr werdet es bereuen, mich herausgefordert zu haben“, schrie die Gestalt. „Ich werde euch alle vernichten!“

Leonhard, Isolde und Meister Gregor hielten standhaft und setzten das Ritual fort. Die dunkle Macht griff sie mit aller Kraft an, doch sie ließen sich nicht einschüchtern. Die Flammen der Kerzen loderten auf, und das Licht der Symbole wurde intensiver.

„Wir müssen zusammenhalten“, rief Leonhard. „Wir dürfen nicht aufgeben!“

Isolde und Meister Gregor verstärkten ihre Anstrengungen, und das Ritual erreichte seinen Höhepunkt. Die dunkle Gestalt schrie vor Zorn und Schmerz, als das grelle Licht sie umhüllte. Die Verbindung zur dunklen Macht wurde schwächer, und die Gestalt begann sich aufzulösen.

Mit einem letzten, kraftvollen Ausruf beendeten sie das Ritual. Ein grelles Licht erfüllte die Lichtung, und die dunkle Macht wurde endgültig verbannt. Die Symbole leuchteten hell auf, und dann war es plötzlich still. Die unheimlichen Lichter und Geräusche verschwanden, und der Wald war wieder ruhig.

Leonhard, Isolde und Meister Gregor sanken erschöpft zu Boden, ihre Kräfte waren völlig aufgebraucht. Die Dorfbewohner kamen vorsichtig näher und sahen, dass die Gefahr gebannt war. Sie jubelten und umarmten sich, dankbar, dass die dunkle Macht besiegt war.

„Wir haben es geschafft", sagte Isolde erleichtert. „Das Dorf ist gerettet."

Leonhard und Meister Gregor nickten. „Ja, aber wir dürfen niemals vergessen, wie gefährlich verbotene Magie sein kann", sagte Meister Gregor ernst. „Wir müssen das Buch sicher versiegeln und dafür sorgen, dass es nie wieder verwendet wird."

Die Nachricht von der endgültigen Verbannung der dunklen Macht verbreitete sich schnell im Dorf. Die Dorfbewohner fühlten sich erleichtert und begannen, ihre normalen Tätigkeiten wieder aufzunehmen. Das unheimliche Licht und die Geräusche waren verschwunden, und der Wald wirkte friedlich und sicher.

Leonhard, Isolde und Meister Gregor kehrten ins Kloster zurück, um sich von den Anstrengungen der letzten Tage zu erholen. Sie wussten, dass sie eine große Gefahr gebannt hatten, doch sie waren sich auch bewusst, dass die Geheimnisse des verbotenen Buches noch lange nicht vollständig verstanden waren.

„Wir müssen das Buch sicher versiegeln", sagte Meister Gregor. „Es darf niemals wieder in die falschen Hände geraten."

Leonhard stimmte zu und half Meister Gregor dabei, das Buch in eine schwere, eiserne Truhe zu legen. Sie versiegelten die Truhe mit magischen Symbolen und verbargen sie in einer verborgenen Kammer der Bibliothek, die nur wenige kannten. Die Truhe wurde mit starken Schutzzaubern belegt, um sicherzustellen, dass niemand sie öffnen konnte.

Isolde blieb bei ihnen und half, die Aufzeichnungen zu ordnen und die Ereignisse der letzten Tage zu dokumentieren. Sie wusste, dass ihre Geschichte eine wichtige Warnung für zukünftige Generationen sein würde. „Wir müssen sicherstellen, dass die Menschen aus unserer Geschichte lernen", sagte sie. „Wir dürfen niemals die Gefahren der dunklen Magie unterschätzen."

Leonhard, Isolde und Meister Gregor verbrachten die nächsten Wochen damit, das Dorf wieder aufzubauen und die Menschen zu beruhigen. Sie erklärten ihnen, dass die dunkle Macht besiegt war und dass sie nun in Sicherheit waren. Die Dorfbewohner waren dankbar und begannen, ihr Vertrauen in die Gelehrten und die Magie wiederherzustellen.

Eines Abends, als die Sonne hinter den Hügeln unterging und das Dorf in goldenes Licht tauchte, saßen Leonhard, Isolde und Meister Gregor zusammen vor der Bibliothek. Sie sprachen über die Ereignisse der letzten Wochen und die Lehren, die sie daraus gezogen hatten.

„Wir haben viel gelernt", sagte Leonhard nachdenklich. „Wir wissen jetzt, wie gefährlich verbotene Magie sein kann, aber auch, wie wichtig es ist, zusammenzuhalten und einander zu vertrauen."

Isolde nickte. „Gemeinsam haben wir die Dunkelheit besiegt. Das ist die wichtigste Lektion, die wir gelernt haben."

Meister Gregor lächelte und legte eine Hand auf ihre Schultern. „Ihr beide habt großen Mut bewiesen. Ich bin stolz auf euch. Aber wir dürfen niemals vergessen, wachsam zu bleiben. Die Welt ist voller Geheimnisse und Gefahren, und es liegt an uns, sie zu schützen."

In den folgenden Monaten kehrte das Dorf zur Normalität zurück. Die Menschen arbeiteten hart, um ihre Felder zu bestellen und ihre Häuser zu reparieren. Das Kloster St. Benedictus wurde zu einem Ort des Wissens und der Heilung, und die Gelehrten setzten ihre Studien fort.

Leonhard, Isolde und Meister Gregor wurden zu angesehenen Mitgliedern der Gemeinschaft. Sie teilten ihr Wissen und ihre Erfahrungen mit den Dorfbewohnern und halfen ihnen, ihre Ängste zu überwinden. Gemeinsam bauten sie eine stärkere und vereintere Gemeinschaft auf, die bereit war, sich jeder Herausforderung zu stellen.

Jahre später saß Leonhard in der stillen und friedlichen Bibliothek des Klosters St. Benedictus. Das warme Licht der Nachmittagssonne fiel durch die bunten Glasfenster und tauchte den Raum in ein sanftes, goldenes Leuchten. Der Duft von alten Büchern erfüllte die Luft, und die ruhige Atmosphäre bot einen perfekten Rückzugsort für seine Gedanken.

Vor ihm lag ein dickes Manuskript, auf das er die letzten Monate seines Lebens verwendet hatte. Es war die ausführliche Chronik der Ereignisse, die das Dorf und das Kloster geprägt hatten. Leonhard wollte sicherstellen, dass die Geschichte von St. Benedictus und dem verbotenen Buch nicht in Vergessenheit geriet und zukünftige Generationen daraus lernen konnten.

Er tauchte die Feder in die Tinte und setzte die letzten Worte auf die Seite. „Es war eine Zeit der Dunkelheit und des Lichts“, schrieb er. „Wir haben gegen die Dunkelheit gekämpft und gemeinsam das Licht gefunden. Möge unsere Geschichte immer daran erinnern, dass Mut, Zusammenhalt und Vertrauen die größten Kräfte sind, die wir besitzen.“

Leonhard lehnte sich zurück und betrachtete sein Werk mit einem Gefühl tiefer Zufriedenheit. Die letzten Jahre waren eine Zeit des Lernens und des Wachstums gewesen. Nach den schrecklichen Ereignissen hatten die Menschen im Dorf und im Kloster hart gearbeitet, um ihre Gemeinschaft wieder aufzubauen und sich auf eine bessere Zukunft vorzubereiten.

Das verbotene Buch war sicher in einer geheimen Kammer der Bibliothek versiegelt worden, geschützt durch mächtige Zauber und Symbole. Niemand sollte jemals wieder die dunklen Mächte entfesseln können, die einst das Dorf bedroht hatten. Leonhard, Meister Gregor und Isolde hatten alles daran gesetzt, das Wissen und die Warnungen zu bewahren, um zukünftige Generationen vor ähnlichen Gefahren zu schützen.

Isolde hatte sich als unermüdliche Helferin und Beschützerin des Dorfes erwiesen. Ihre Entschlossenheit und ihr Mut hatten die Menschen inspiriert und ihnen geholfen, ihre Ängste zu überwinden. Sie war zu einer angesehenen Heilerin geworden, deren Wissen und Fähigkeiten weit über das Dorf hinaus geschätzt wurden. Gemeinsam mit Leonhard hatte sie viele junge Menschen unterrichtet und ihnen beigebracht, wie wichtig es war, Wissen mit Bedacht und Verantwortung zu nutzen.

Meister Gregor, der weise und erfahrene Bibliothekar, war weiterhin ein unersetzlicher Mentor und Ratgeber. Seine Weisheit und seine ruhige Führung hatten das Dorf durch die schwierigsten Zeiten geleitet. Er hatte dafür gesorgt, dass die Bibliothek zu einem Ort des Wissens und der Heilung wurde, an dem die Menschen Trost und Inspiration fanden.

Leonhard selbst hatte viel über Verantwortung und die Macht des Wissens gelernt. Die Ereignisse hatten ihn gelehrt, dass Wissen sowohl eine Quelle des Lichts als auch der Dunkelheit sein konnte. Es war entscheidend, wie man dieses Wissen nutzte und welche Absichten man verfolgte. Er hatte sich geschworen, sein Leben der Suche nach Weisheit und dem Schutz seiner Gemeinschaft zu widmen.

An diesem ruhigen Nachmittag, während er das fertige Manuskript betrachtete, dachte Leonhard an die Zukunft. Die Herausforderungen, denen sie sich gestellt hatten, hatten sie stärker und vereinter gemacht. Die Gemeinschaft von St. Benedictus war bereit, sich jeder neuen Gefahr zu stellen, die auftauchen könnte. Sie hatten gelernt, dass Zusammenhalt und Vertrauen die Grundlage jeder starken Gemeinschaft waren.

Leonhard stand auf und legte das Manuskript behutsam in einen der hölzernen Schränke der Bibliothek. Es war nun ein Teil des reichen Erbes von St. Benedictus, eine Quelle des Wissens und der Inspiration für kommende Generationen. Er wusste, dass ihre Geschichte weiterleben würde und dass die Lehren aus der Vergangenheit nie vergessen werden würden.

Er trat ans Fenster und blickte hinaus in den Klostergarten, wo die Sonne langsam hinter den Bäumen verschwand. Die Farben des Himmels wechselten von einem warmen Gold zu einem tiefen Blau, und die ersten Sterne erschienen am Himmel. Leonhard fühlte eine tiefe Zufriedenheit und Dankbarkeit. Er war bereit, die Herausforderungen der Zukunft anzunehmen, wissend, dass er nicht allein war.

In der Ferne hörte er das Lachen von Kindern und das sanfte Murmeln der Dorfbewohner, die ihren Tag beendeten. Das Dorf lebte und blühte weiter, gestärkt durch die Erfahrungen und das Wissen, das sie gemeinsam gewonnen hatten. Leonhard wusste, dass sie auf dem richtigen Weg waren und dass sie jede Herausforderung meistern würden, die das Leben ihnen stellte.

Mit einem letzten Blick auf die untergehende Sonne wandte sich Leonhard ab und verließ die Bibliothek. Die Nacht war still und friedlich, und die Sterne funkelten am Himmel. Die Welt war voller Geheimnisse und Wunder, und er war bereit, sie zu entdecken und zu bewahren. Denn das Licht der Weisheit und des Zusammenhalts würde immer über die Dunkelheit siegen.

Die verschwundenen Kinder

Das Dorf Eldenheim lag ruhig und friedlich in einer grünen, hügeligen Landschaft. Die Dorfbewohner führten ein einfaches, aber zufriedenes Leben. Die meisten von ihnen lebten von der Landwirtschaft und der Jagd. Die Felder waren fruchtbar, und die Wälder ringsum boten reichlich Jagdbeute. Eldenheim war bekannt für seine herzliche Gemeinschaft. Jeder kannte jeden, und man half sich gegenseitig bei der Ernte, der Jagd und den täglichen Aufgaben. Trotz der Idylle gab es immer wieder Gerüchte über seltsame Ereignisse, die sich in den dunklen Tiefen des Waldes ereigneten.

Lukas war ein junger Jäger, der sein Leben damit verbrachte, das Dorf mit frischem Wild und Geschichten aus dem Wald zu versorgen. Er war mutig und entschlossen, aber auch nachdenklich und aufmerksam. Lukas kannte jeden Winkel des Waldes und war stolz darauf, das Dorf zu beschützen. Sein Vater hatte ihm das Jagen beigebracht, und seit dessen Tod war Lukas der Hauptversorger der Familie und eine wichtige Stütze der Dorfgemeinschaft.

Eines Tages bemerkte Lukas, dass sich eine unheimliche Stille über das Dorf gelegt hatte. Die sonst so fröhlichen Kinderstimmen waren verstummt, und die Gesichter der Dorfbewohner waren von Sorge und Angst gezeichnet. Er erfuhr, dass in den letzten Wochen mehrere Kinder spurlos verschwunden waren. Die Dorfbewohner hatten überall gesucht, doch es gab keine Spur von den Kindern.

Lukas beschloss, den Dorfältesten, Herr Gustav, aufzusuchen, um mehr über die verschwundenen Kinder zu erfahren. Herr Gustav war ein weiser und erfahrener Mann, der viel über die Geschichte und die Legenden des Dorfes wusste. Er lebte in einem kleinen Haus am Rande des Dorfes, umgeben von alten Büchern und Schriftrollen, die er im Laufe der Jahre gesammelt hatte.

„Herr Gustav, was ist mit den Kindern passiert?“ fragte Lukas besorgt, als er das Haus des Dorfältesten betrat.

Herr Gustav seufzte und legte das Buch, das er gerade las, beiseite. „Lukas, es sind dunkle Zeiten für unser Dorf. Die Kinder sind spurlos verschwunden, und niemand weiß, wohin sie gegangen sind. Einige glauben, dass es die Arbeit von wilden Tieren ist, andere sprechen von dunklen Mächten.“

Lukas spürte einen Knoten in seinem Magen. „Dunkle Mächte? Was meinst du damit?“

„Es gibt alte Legenden über eine verlassene Burg tief im Wald“, erklärte Herr Gustav. „Man sagt, dass dort einst ein mächtiger Zauberer lebte, der schwarze Magie praktizierte. Nach seinem Tod soll sein Geist die Burg heimsuchen und die Seelen der Lebenden verschlingen. Es könnte sein, dass diese Macht nun zurückgekehrt ist und unsere Kinder entführt hat."

Lukas dachte über die Worte des Dorfältesten nach. Er wusste, dass er etwas tun musste, um die Kinder zu retten. „Ich werde mich auf die Suche nach den Kindern machen und die Wahrheit herausfinden", sagte er entschlossen.

„Das ist eine gefährliche Aufgabe, Lukas", warnte Herr Gustav. „Du solltest nicht allein gehen. Suche Greta auf, sie weiß viel über die alten Legenden und kann dir vielleicht helfen."

Greta war eine weise alte Frau im Dorf, die über das Wissen der alten Legenden und Flüche verfügte. Sie lebte in einem kleinen, gemütlichen Haus am Waldrand und war bekannt für ihre Heilkunst und ihre Weisheit. Lukas machte sich sofort auf den Weg zu ihr.

Greta saß auf ihrer Veranda und pflückte Kräuter, als Lukas ankam. „Greta, ich brauche deine Hilfe", rief er, als er näher kam.

Die alte Frau sah auf und lächelte sanft. „Lukas, mein Junge. Was führt dich zu mir?"

„Die Kinder sind verschwunden, und Herr Gustav glaubt, dass es etwas mit der alten Burg im Wald zu tun haben könnte. Ich möchte mich auf die Suche nach ihnen machen, aber ich brauche deine Weisheit und dein Wissen."

Greta nickte ernst. „Die Legenden über die Burg sind alt und voller Schrecken. Viele haben versucht, dorthin zu gelangen, aber nur wenige sind zurückgekehrt. Es wird eine gefährliche Reise, Lukas. Aber ich werde dir helfen, so gut ich kann."

Während sie mit Lukas sprach, kam eine junge Frau eilig den Pfad entlang. Es war Margareta, eine mutige junge Mutter, deren Kind ebenfalls verschwunden war. Ihre Augen waren rot und geschwollen vom Weinen, doch ihr Blick war entschlossen.

„Lukas, ich habe gehört, dass du die Kinder suchen willst", sagte sie mit fester Stimme. „Ich möchte mit dir kommen. Mein Sohn ist einer der Verschwundenen, und ich werde alles tun, um ihn zurückzubringen."

Lukas war beeindruckt von Margaretas Mut. „Du bist willkommen, Margareta. Zusammen haben wir eine bessere Chance, die Kinder zu finden und sicher zurückzubringen."

Greta nahm einen alten, verzierten Stab aus ihrem Haus und überreichte ihn Lukas. „Dieser Stab wird dir helfen, dunkle Mächte abzuwehren“, erklärte sie. „Und hier ist ein Beutel mit Kräutern, die Schutz bieten. Nutze sie weise.“

Lukas, Greta und Margareta bereiteten sich auf die gefährliche Reise vor. Sie packten Vorräte und Waffen ein und machten sich auf den Weg in den tiefen, unheimlichen Wald. Die Bäume standen dicht beieinander, und das Sonnenlicht drang kaum durch das dichte Blätterdach. Der Wald war voller Geräusche – das Rascheln von Blättern, das Zwitschern von Vögeln und das gelegentliche Knacken von Zweigen. Doch trotz der natürlichen Geräusche lag eine unheimliche Stille in der Luft, die Lukas eine Gänsehaut über den Rücken laufen ließ.

Die erste Nacht verbrachten sie am Rand des Waldes, wo sie ein kleines Lager aufschlugen. Das Feuer knisterte leise, und der Schein der Flammen bot ein wenig Trost in der Dunkelheit. Lukas hielt Wache, während Greta und Margareta schliefen. Er konnte den Gedanken an die verschwundenen Kinder und die bevorstehenden Gefahren nicht abschütteln.

„Wir werden sie finden“, murmelte er leise zu sich selbst. „Wir werden sie retten und sicher nach Hause bringen.“

Mit dieser Entschlossenheit im Herzen bereitete sich Lukas auf die Herausforderungen vor, die vor ihnen lagen. Er wusste, dass die Reise gefährlich sein würde, aber er war bereit, alles zu tun, um die Kinder zu retten und das Dorf vor der drohenden Dunkelheit zu schützen.

Der Morgen brach an, und das erste Licht der Sonne durchdrang das dichte Blätterdach des Waldes. Lukas, Greta und Margareta brachen ihr Lager ab und setzten ihre Reise fort. Sie folgten einem schmalen Pfad, der sich durch den Wald schlängelte und immer tiefer in das unheimliche Dickicht führte. Der Wald wirkte still und friedlich, doch die unheimliche Atmosphäre ließ Lukas' Nackenhaare aufstellen.

Während sie weitergingen, achtete Lukas aufmerksam auf jede Kleinigkeit. Er suchte nach Hinweisen, die ihnen den Weg zur alten Burg weisen könnten. Greta erzählte ihnen währenddessen von den Legenden, die sie über die Burg kannte. Ihre Stimme war leise und ernst, und Lukas und Margareta lauschten aufmerksam.

„Es heißt, dass die Burg einst von einem mächtigen Zauberer namens Alaric bewohnt wurde“, begann Greta. „Er war bekannt für seine dunklen Künste und seine Fähigkeit, Geister und Dämonen zu beschwören. Die Dorfbewohner fürchteten ihn und mieden die Burg. Doch eines Tages verschwand Alaric spurlos, und die Burg verfiel. Man sagt, dass sein Geist noch immer dort umherwandert und nach Seelen sucht, die er verschlingen kann."

Margareta schauderte bei diesen Worten. „Glaubst du, dass der Geist des Zauberers die Kinder entführt hat?"

Greta nickte langsam. „Es ist möglich. Die alten Legenden erzählen von einem Fluch, der auf der Burg liegt. Wer immer die Ruhe des Zauberers stört, riskiert, von ihm verflucht zu werden. Wir müssen vorsichtig sein."

Nach mehreren Stunden des Marschierens stießen sie auf eine Lichtung, auf der die Ruinen einer alten Mauer standen. Die Steine waren von Moos überwuchert, und die Struktur wirkte verlassen und verwittert. Lukas näherte sich vorsichtig und untersuchte die Mauer. „Das muss ein Teil der Burg sein", sagte er nachdenklich. „Wir sind auf dem richtigen Weg."

Sie folgten den Überresten der Mauer und entdeckten bald darauf den Eingang zu einem dunklen, gewölbten Tunnel. Lukas zog eine Fackel aus seinem Rucksack und entzündete sie. Das flackernde Licht erhellte den Tunnel und enthüllte alte, verwitterte Steinstufen, die in die Tiefe führten.

„Das muss der Eingang zur Burg sein", sagte Greta leise. „Seid vorsichtig, und bleibt dicht beieinander."

Lukas ging voran, die Fackel in der einen und den verzierten Stab in der anderen Hand. Greta und Margareta folgten ihm dicht auf den Fersen. Der Tunnel war kalt und feucht, und das Echo ihrer Schritte hallte unheimlich wider. Lukas spürte die Anspannung in der Luft und hielt seine Sinne wachsam.

Nach einer Weile erreichten sie eine große Halle, die von hohen Säulen gestützt wurde. Die Wände waren mit alten, verblassten Wandteppichen behängt, die Szenen von Schlachten und magischen Ritualen zeigten. In der Mitte der Halle stand ein großer steinerner Altar, der mit seltsamen Symbolen und Runen bedeckt war.

„Das muss der Ort sein, an dem der Zauberer seine Rituale durchgeführt hat", flüsterte Greta. „Die Symbole auf dem Altar sind Zeichen der dunklen Magie."

Lukas trat näher an den Altar heran und untersuchte die Runen. „Wir müssen herausfinden, wie wir den Fluch brechen können", sagte er entschlossen. „Greta, hast du eine Idee?"

Greta nickte und zog ein altes, ledergebundenes Buch aus ihrer Tasche. „Dieses Buch enthält alte

Rituale und Beschwörungen, die helfen könnten, den Fluch zu brechen. Aber wir müssen die richtigen Symbole und Worte finden."

Während Greta das Buch durchblätterte, hörte Lukas ein leises Wimmern. Er hob den Kopf und lauschte. Das Wimmern schien aus einer der dunklen Ecken der Halle zu kommen. „Habt ihr das gehört?" fragte er und blickte zu Greta und Margareta.

Margareta nickte und trat näher an Lukas heran. „Es klingt, als ob jemand weint."

Lukas folgte dem Geräusch und entdeckte eine verborgene Tür, die in eine weitere Kammer führte. Er drückte die Tür auf, und das Wimmern wurde lauter. Im Schein der Fackel sahen sie mehrere kleine Kinder, die in der Kammer kauerten. Ihre Gesichter waren von Angst und Verzweiflung gezeichnet, doch als sie Lukas und die anderen sahen, huschte ein Hoffnungsschimmer über ihre Züge.

„Wir sind hier, um euch zu retten", sagte Lukas sanft. „Kommt, wir bringen euch in Sicherheit."

Die Kinder erhoben sich zögernd und traten näher. Margareta nahm ihren Sohn in die Arme und weinte vor Erleichterung. „Ich wusste, dass ich dich finden würde", flüsterte sie.

Lukas führte die Kinder zurück in die große Halle, wo Greta weiter das Buch durchsuchte. „Wir haben die Kinder gefunden, aber wir müssen noch den Fluch brechen“, sagte er zu ihr.

Greta blätterte eifrig weiter und fand schließlich die gesuchte Passage. „Hier ist es. Ein Ritual, das den Geist des Zauberers bannen kann. Wir müssen bestimmte Symbole auf den Altar zeichnen und die Worte des Zaubers rezitieren.“

Lukas und Margareta bereiteten alles für das Ritual vor. Sie zeichneten die Symbole auf den Altar und stellten die notwendigen Zutaten bereit. Greta begann, die alten Worte des Zaubers zu rezitieren, und die Luft in der Halle wurde schwer und dicht. Ein kalter Wind wehte durch den Raum, und das Licht der Fackeln flackerte bedrohlich.

Plötzlich hörten sie ein unheimliches Lachen, und die Gestalt eines alten Mannes erschien vor ihnen. Es war der Geist des Zauberers Alaric, seine Augen funkelten vor Bosheit und Zorn. „Ihr wagt es, meine Ruhe zu stören?“ schrie er. „Ihr werdet dafür bezahlen!“

Lukas hob den verzierten Stab und stellte sich schützend vor die Kinder. „Wir werden deinen Fluch brechen und die Kinder retten!“ rief er entschlossen.

Greta setzte das Ritual fort, und das unheimliche Lachen des Geistes wurde lauter. Die Symbole auf dem Altar begannen zu leuchten, und ein grelles Licht erfüllte die Halle. Der Geist schrie vor Zorn und Verzweiflung, doch er konnte sich nicht gegen die Macht des Rituals wehren.

Mit einem letzten, kraftvollen Ausruf beendete Greta den Zauber. Ein grelles Licht erfüllte die Halle, und der Geist wurde in den Altar gezogen. Die Symbole leuchteten hell auf, und dann war es plötzlich still.

Der Fluch war gebrochen, und die Kinder waren gerettet. Lukas sank erschöpft zu Boden, doch ein Gefühl tiefer Erleichterung erfüllte ihn. Greta und Margareta knieten sich neben ihn und umarmten die Kinder. „Wir haben es geschafft“, flüsterte Greta. „Der Fluch ist gebrochen.“

Nachdem der Geist des Zauberers in den Altar gebannt worden war, kehrte eine bedrückende Stille in die große Halle der Burg ein. Lukas, Greta und Margareta atmeten tief durch, während die Kinder sich um Margareta drängten und an ihrem Schutz festhielten. Der Fluch war gebrochen, doch sie wussten, dass ihre Aufgabe noch nicht beendet war. Sie mussten sicherstellen, dass die dunkle Macht nie wieder zurückkehren konnte.

Greta, die noch immer das alte Buch in den Händen hielt, blätterte weiter durch die vergilbten

Seiten. „Es gibt noch mehr, was wir tun müssen“, sagte sie nachdenklich. „Das Ritual hat den Geist des Zauberers gebannt, aber wir müssen ihn endgültig verbannen, damit er nie wieder Schaden anrichten kann.“

„Was müssen wir tun?“ fragte Lukas, der sich langsam von der Erschöpfung erholte.

„Es gibt ein weiteres Ritual, das den Geist für immer verbannen kann“, erklärte Greta. „Wir müssen bestimmte Symbole an verschiedenen Orten in der Burg anbringen und dann ein letztes, mächtiges Ritual durchführen. Es wird nicht einfach sein, aber es ist unsere einzige Chance, die Kinder und das Dorf dauerhaft zu schützen.“

Margareta blickte zu ihrem Sohn und den anderen Kindern. „Wir dürfen keine Zeit verlieren. Wir müssen sicherstellen, dass sie in Sicherheit sind.“

Lukas nickte zustimmend. „Wir sollten die Kinder zurück ins Dorf bringen und dann zurückkehren, um das Ritual durchzuführen.“

Sie machten sich sofort auf den Weg zurück zum Dorf, die Kinder fest an ihrer Seite. Der Weg durch den Wald war beschwerlich, aber sie fühlten sich erleichtert, dass sie die Kinder in Sicherheit bringen konnten. Als sie das Dorf erreichten, wurden sie von den Dorfbewohnern mit offenen Armen empfangen. Tränen der Freude und

Erleichterung flossen, als die Kinder zu ihren Familien zurückkehrten.

„Ihr habt das Unmögliche geschafft", sagte Herr Gustav, der Dorfälteste, mit Tränen in den Augen. „Ihr habt unsere Kinder gerettet. Wir sind euch für immer dankbar."

„Unsere Arbeit ist noch nicht getan", antwortete Lukas ernst. „Wir müssen zurück zur Burg und den Geist endgültig verbannen. Sonst könnte er wieder zurückkehren und erneut Unheil anrichten."

Herr Gustav nickte verständnisvoll. „Wir werden euch alles geben, was ihr braucht. Ihr habt unsere volle Unterstützung."

Lukas, Greta und Margareta bereiteten sich auf die Rückkehr zur Burg vor. Sie sammelten die notwendigen Vorräte und Werkzeuge, die sie für das endgültige Ritual benötigten. Die Dorfbewohner halfen ihnen, alles zu packen, und wünschten ihnen viel Glück und Erfolg.

Als die Sonne am Horizont unterging, machten sie sich wieder auf den Weg zur Burg. Der Wald war noch immer unheimlich und düster, doch ihre Entschlossenheit trieb sie voran. Sie mussten den Fluch endgültig brechen und das Dorf vor der dunklen Macht schützen.

Zurück in der Burg, begannen sie sofort mit den Vorbereitungen für das letzte Ritual. Greta zeigte ihnen die Orte, an denen sie die Symbole anbringen mussten. Es waren fünf zentrale Punkte in der Burg, die jeweils ein spezielles Symbol benötigten. Jeder Punkt war wichtig für das Ritual, und sie mussten sicherstellen, dass die Symbole genau richtig platziert waren.

„Diese Symbole sind mächtige Schutzzeichen", erklärte Greta, während sie ein Symbol auf den Boden zeichnete. „Sie werden die dunkle Macht bannen und verhindern, dass der Geist des Zauberers jemals wieder zurückkehren kann."

Lukas und Margareta folgten Gretas Anweisungen und brachten die Symbole an den verschiedenen Punkten der Burg an. Die Arbeit war anstrengend und erfordete höchste Konzentration, doch sie wussten, dass sie keinen Fehler machen durften. Jede Linie und jedes Zeichen musste perfekt sein, um die volle Wirkung zu entfalten.

Als sie die Symbole fertiggestellt hatten, versammelten sie sich in der großen Halle vor dem Altar. Greta stellte das Buch vor sich auf den Boden und begann, die letzten Vorbereitungen für das Ritual zu treffen. „Dies ist der wichtigste Teil des Rituals", sagte sie ernst. „Wir müssen die Worte genau so rezitieren, wie sie im Buch stehen, und dürfen uns nicht ablenken lassen. Der Geist wird versuchen, uns zu stören, aber wir müssen stark bleiben."

Lukas und Margareta nickten entschlossen. Sie stellten sich um den Altar und bereiteten sich darauf vor, das Ritual zu beginnen. Greta hob die Hände und begann, die alten Worte des Zaubers zu rezitieren. Ihre Stimme war klar und kraftvoll, und die Symbole auf dem Altar begannen erneut zu leuchten.

Plötzlich wurde die Luft in der Halle schwer und drückend. Ein kalter Wind wehte durch den Raum, und das unheimliche Lachen des Geistes hallte wider. „Ihr Narren! Ihr könnt mich nicht besiegen!" schrie er, während seine Gestalt erneut vor ihnen erschien.

Lukas hielt den verzierten Stab fest und stellte sich schützend vor Greta und Margareta. „Wir werden dich besiegen, Alaric", rief er. „Deine Zeit ist vorbei!"

Greta setzte das Ritual fort, und das Licht der Symbole wurde intensiver. Der Geist des Zauberers schrie vor Zorn und versuchte, auf sie zuzustürmen, doch eine unsichtbare Barriere hielt ihn zurück. Die Worte des Zaubers füllten die Halle, und das Licht der Symbole umhüllte den Geist.

Mit einem letzten, kraftvollen Ausruf beendete Greta das Ritual. Ein grelles Licht erfüllte die Halle, und der Geist des Zauberers wurde endgültig in den Altar gezogen. Die Symbole leuchteten hell auf, und dann war es plötzlich still. Der Fluch war endgültig gebrochen.

Lukas, Greta und Margareta sanken erschöpft zu Boden, doch ein Gefühl tiefer Erleichterung erfüllte sie. „Wir haben es geschafft", flüsterte Greta. „Der Geist ist verbannt, und der Fluch ist gebrochen."

Lukas, Greta und Margareta verbrachten einige Minuten in der Stille, die nach dem erfolgreichen Ritual in der alten Burg herrschte. Die Anspannung der letzten Tage fiel von ihnen ab, und sie fühlten eine tiefe Erleichterung. Doch sie wussten, dass sie noch einen weiten Weg zurück ins Dorf hatten und dass die Dorfbewohner auf ihre Rückkehr warteten.

Mit neuer Kraft machten sie sich auf den Weg zurück durch den düsteren Wald. Die Sonne war bereits untergegangen, und die Dunkelheit breitete sich über die Bäume aus. Doch dieses Mal fühlte sich der Wald weniger bedrohlich an. Die unheimlichen Geräusche und Schatten schienen verschwunden zu sein, und eine friedliche Stille lag in der Luft.

Während sie durch den Wald gingen, sprachen sie über das, was sie erlebt hatten. „Ich hätte nie gedacht, dass wir es schaffen würden“, sagte Margareta. „Die Kinder sind endlich in Sicherheit, und der Geist des Zauberers ist verbannt.“

Greta lächelte sanft. „Es war eine schwere Aufgabe, aber wir haben sie gemeinsam gemeistert. Wir dürfen nie vergessen, dass Zusammenhalt und Mut uns stark machen.“

Lukas nickte zustimmend. „Wir haben gelernt, dass es wichtig ist, aufeinander zu achten und sich gegenseitig zu unterstützen. Das Wissen und die Weisheit der Alten sind wertvoll, und wir müssen sie bewahren.“

Nach mehreren Stunden des Wanderns erreichten sie endlich das Dorf. Die Dorfbewohner hatten Lagerfeuer entzündet und warteten gespannt auf ihre Rückkehr. Als sie Lukas, Greta und Margareta sahen, brach Jubel aus. Die Menschen liefen auf sie zu, umarmten sie und drückten ihre Dankbarkeit aus.

Herr Gustav trat vor und erhob die Hände, um Ruhe zu bitten. „Lukas, Greta, Margareta – ihr habt unser Dorf gerettet. Eure Tapferkeit und Entschlossenheit haben den Fluch gebrochen und unsere Kinder zurückgebracht. Wir sind euch für immer dankbar.“

„Es war eine gemeinsame Anstrengung“, sagte Lukas bescheiden. „Wir haben es nur geschafft, weil wir zusammengearbeitet haben. Greta und Margareta waren entscheidend für unseren Erfolg.“

Greta trat vor und erzählte den Dorfbewohnern von dem Ritual und wie sie den Geist des Zauberers endgültig verbannt hatten. „Der Fluch ist gebrochen, aber wir müssen wachsam bleiben. Die alten Legenden und Geschichten enthalten wertvolle Lehren, und wir dürfen sie nicht vergessen.“

Die Dorfbewohner nickten zustimmend. Sie wussten, dass Greta Recht hatte, und sie beschlossen, das Wissen um die alten Legenden zu bewahren und es an zukünftige Generationen weiterzugeben.

Eine große Feier wurde vorbereitet, um die Rettung der Kinder und die Rückkehr von Lukas, Greta und Margareta zu feiern. Die Dorfbewohner brachten Essen und Trinken, und es wurde bis spät in die Nacht getanzt und gesungen. Die Freude und Erleichterung waren überall spürbar, und das Dorf fühlte sich enger verbunden als je zuvor.

Während der Feier saßen Lukas, Greta und Margareta beisammen und sprachen über die Zukunft. „Wir müssen sicherstellen, dass das Wissen um die alten Rituale und Legenden nicht verloren geht“, sagte Greta. „Ich werde die

Geschichten niederschreiben und in der Bibliothek des Dorfes aufbewahren."

„Ich werde den jungen Jägern und Dorfbewohnern beibringen, wie wichtig es ist, auf die Zeichen der Natur zu achten und die Weisheit der Alten zu respektieren", fügte Lukas hinzu. „Wir müssen das Erbe bewahren und weitergeben."

Margareta nickte. „Und ich werde den Müttern und Kindern des Dorfes beibringen, wie wichtig Zusammenhalt und Vertrauen sind. Wir dürfen nie vergessen, was wir gemeinsam erreicht haben."

Die Feier dauerte bis in die frühen Morgenstunden, und das Dorf war erfüllt von Lachen, Musik und dem Klang von Geschichten, die von Generation zu Generation weitergegeben wurden. Es war ein Moment des Triumphs und der Gemeinschaft, und alle wussten, dass sie eine große Herausforderung gemeistert hatten.

Als die Sonne aufging und die Dorfbewohner sich langsam zurückzogen, um sich auszuruhen, stand Lukas am Rande des Dorfes und blickte in den Wald. Die ersten Sonnenstrahlen fielen durch die Bäume und tauchten den Wald in ein warmes, goldenes Licht. Er wusste, dass der Wald nun wieder ein sicherer Ort war, aber er war sich auch bewusst, dass es immer neue Herausforderungen geben würde.

„Wir haben viel gelernt und sind stärker daraus hervorgegangen“, murmelte er leise. „Und wir werden bereit sein, wenn die nächste Herausforderung kommt.“

Mit diesen Gedanken kehrte Lukas ins Dorf zurück, wissend, dass er und seine Gemeinschaft gemeinsam alles bewältigen konnten. Der Fluch war gebrochen, die Kinder waren in Sicherheit, und das Dorf Eldenheim war stärker und vereinter als je zuvor.

Nach der ausgelassenen Feier, die das Dorf bis in die frühen Morgenstunden wachgehalten hatte, kehrte langsam wieder Ruhe ein. Die Dorfbewohner waren erschöpft, aber glücklich und erleichtert. Sie wussten, dass die Gefahr gebannt war und dass ihre Kinder sicher waren. Doch Lukas, Greta und Margareta wussten, dass ihre Arbeit noch nicht vollständig beendet war.

Am nächsten Morgen trafen sie sich erneut, um die letzten Schritte zu besprechen, die notwendig waren, um sicherzustellen, dass der Fluch nie wieder zurückkehren konnte. Greta hatte die Nacht damit verbracht, das alte Buch weiter zu studieren, und war überzeugt, dass sie einen Weg gefunden hatte, den Geist des Zauberers endgültig zu bannen.

„Wir müssen die Burg versiegeln“, erklärte Greta, als sie sich um den großen Tisch in Herr Gustavs

Haus versammelten. „Es gibt ein letztes Ritual, das wir durchführen müssen. Wir werden die Zugänge zur Burg mit mächtigen Schutzzaubern versiegeln, damit der Geist niemals wieder freikommen kann."

Herr Gustav nickte zustimmend. „Das ist klug. Wir müssen sicherstellen, dass niemand die Ruhe des Zauberers stört und die dunklen Mächte erneut entfesselt."

Lukas und Margareta bereiteten sich darauf vor, ein letztes Mal zur Burg zurückzukehren. Sie sammelten die notwendigen Zutaten und Werkzeuge für das Ritual und verabschiedeten sich von den Dorfbewohnern. Die Menschen wünschten ihnen viel Glück und Erfolg und versprachen, wachsam zu bleiben und das Wissen um die alten Legenden zu bewahren.

Der Weg zur Burg war vertraut, aber dieses Mal fühlte sich der Wald friedlicher an. Die unheimlichen Schatten und Geräusche, die sie zuvor begleitet hatten, schienen verschwunden zu sein, und die Vögel sangen fröhlich in den Bäumen. Lukas spürte, dass der Wald wieder zu einem Ort des Friedens geworden war.

Als sie die Burg erreichten, machten sie sich sofort an die Arbeit. Greta zeichnete die Schutzsymbole um die Zugänge der Burg, und Lukas und Margareta halfen ihr, die Zutaten für das letzte Ritual zu platzieren. Sie arbeiteten konzentriert und sorgfältig, wissend, dass jeder Fehler fatale Folgen haben könnte.

„Das letzte Ritual ist ein Schutzzauber, der die Burg für immer versiegeln wird“, erklärte Greta. „Wir müssen die Worte genau so rezitieren, wie sie im Buch stehen, und dürfen uns nicht ablenken lassen.“

Sie versammelten sich um den Altar in der großen Halle und bereiteten sich darauf vor, das Ritual zu beginnen. Greta hob die Hände und begann, die alten Worte des Zaubers zu rezitieren. Ihre Stimme war klar und kraftvoll, und die Symbole auf dem Altar begannen erneut zu leuchten.

Ein kalter Wind wehte durch die Halle, und Lukas spürte die Präsenz des Geistes ein letztes Mal. Doch dieses Mal war es anders. Der Geist schien schwächer zu sein, und sein unheimliches Lachen war nur ein Flüstern. „Ihr glaubt, mich besiegen zu können?“ zischte er. „Ihr Narren!“

Doch Greta ließ sich nicht ablenken. Sie setzte das Ritual fort, und das Licht der Symbole wurde intensiver. Der Geist des Zauberers schrie vor Zorn und Verzweiflung, doch er konnte sich nicht gegen die Macht des Rituals wehren. Die Worte des Zaubers füllten die Halle, und das Licht der Symbole umhüllte den Geist.

Mit einem letzten, kraftvollen Ausruf beendete Greta das Ritual. Ein grelles Licht erfüllte die Halle, und der Geist des Zauberers wurde endgültig in den Altar gezogen. Die Symbole leuchteten hell auf, und dann war es plötzlich still. Der Fluch war endgültig gebrochen, und die Burg war versiegelt.

Lukas, Greta und Margareta sanken erschöpft zu Boden, doch ein Gefühl tiefer Erleichterung erfüllte sie. „Wir haben es geschafft", flüsterte Greta. „Der Geist ist verbannt, und der Fluch ist gebrochen."

Lukas blickte sich in der stillen Halle um und fühlte eine tiefe Zufriedenheit. „Wir haben die Burg versiegelt und das Dorf geschützt", sagte er. „Unsere Aufgabe ist erfüllt."

Gemeinsam machten sie sich auf den Rückweg zum Dorf. Die Dorfbewohner warteten gespannt auf ihre Rückkehr und jubelten, als sie Lukas, Greta und Margareta sahen. Sie hatten das Unmögliche geschafft und das Dorf vor der dunklen Macht gerettet.

Eine große Versammlung wurde einberufen, und Herr Gustav trat vor, um ihnen zu danken. „Lukas, Greta, Margareta – ihr habt unsere Gemeinschaft gerettet. Eure Tapferkeit und Entschlossenheit haben uns alle inspiriert. Wir sind euch für immer dankbar."

„Es war eine gemeinsame Anstrengung", sagte Lukas bescheiden. „Wir haben es nur geschafft, weil wir zusammengearbeitet haben."

Greta nickte. „Wir müssen das Wissen um die alten Rituale und Legenden bewahren und weitergeben. Nur so können wir sicherstellen, dass solche Gefahren nie wieder unser Dorf bedrohen."

Die Dorfbewohner stimmten zu und beschlossen, ein Archiv zu errichten, in dem die Geschichten und Rituale aufbewahrt werden sollten. Es war wichtig, dass zukünftige Generationen aus der Vergangenheit lernten und bereit waren, sich jeder neuen Herausforderung zu stellen.

Eine weitere Feier wurde vorbereitet, um die Rettung des Dorfes und die Rückkehr von Lukas, Greta und Margareta zu feiern. Es wurde gesungen, getanzt und gelacht, und die Dorfbewohner fühlten sich enger verbunden als je zuvor. Die Freude und Erleichterung waren überall spürbar, und das Dorf war erfüllt von Hoffnung und Zuversicht.

Einige Wochen waren vergangen, seit Lukas, Greta und Margareta den Fluch gebrochen und die Burg versiegelt hatten. Das Leben im Dorf Eldenheim hatte sich wieder normalisiert, und die Dorfbewohner gingen ihren täglichen Aufgaben nach. Doch die Ereignisse hatten tiefe Spuren hinterlassen und die Gemeinschaft enger zusammengeschweißt.

Lukas saß an einem ruhigen Nachmittag auf einem Hügel, der einen weiten Blick über das Dorf und den umliegenden Wald bot. Die Sonne schien warm und golden, und ein sanfter Wind wehte durch die Bäume. Er dachte über die vergangenen Wochen nach und darüber, was sie gemeinsam erreicht hatten.

Greta hatte ihr Versprechen gehalten und die Geschichten und Rituale in einem Buch niedergeschrieben. Es wurde in der neu errichteten Bibliothek des Dorfes aufbewahrt, wo es für alle zugänglich war. Die Dorfbewohner hatten beschlossen, das Wissen um die alten Legenden und Rituale zu bewahren und es an zukünftige Generationen weiterzugeben.

Margareta hatte sich darauf konzentriert, den Kindern des Dorfes beizubringen, wie wichtig Zusammenhalt und Vertrauen waren. Sie erzählte ihnen die Geschichte ihrer Rettung und betonte, wie wichtig es war, aufeinander zu achten und sich gegenseitig zu unterstützen. Die Kinder lauschten aufmerksam und lernten, dass sie gemeinsam stark waren.

Herr Gustav, der Dorfälteste, hatte ebenfalls seinen Beitrag geleistet. Er organisierte regelmäßige Versammlungen, bei denen die Dorfbewohner ihre

Erfahrungen und ihr Wissen teilten. Es war wichtig, dass die Gemeinschaft zusammenhielt und dass jeder wusste, wie wichtig es war, auf die Zeichen der Natur zu achten und die Weisheit der Alten zu respektieren.

Lukas selbst hatte viel über Verantwortung und die Macht des Wissens gelernt. Er wusste, dass sie nur erfolgreich waren, weil sie zusammengearbeitet hatten und jeder seinen Teil dazu beigetragen hatte. Er hatte gelernt, dass Mut und Entschlossenheit entscheidend waren, aber auch, dass Weisheit und Vorsicht ebenso wichtig waren.

Als die Sonne langsam hinter den Bäumen verschwand und der Himmel sich in warme Farben tauchte, stand Lukas auf und machte sich auf den Weg zurück ins Dorf. Er wusste, dass sie noch viele Herausforderungen vor sich hatten, aber er war bereit, ihnen entgegenzutreten. Er war sich sicher, dass sie gemeinsam alles bewältigen konnten, was das Leben ihnen entgegenwarf.

Im Dorf angekommen, sah er die Dorfbewohner, die ihre Arbeit beendeten und sich auf die Nacht vorbereiteten. Ein Gefühl tiefer Zufriedenheit erfüllte ihn, als er die vertrauten Gesichter sah. Sie waren eine starke und vereinte Gemeinschaft, und er war stolz darauf, ein Teil davon zu sein.

Lukas trat in die Bibliothek, wo Greta und Margareta gerade dabei waren, das Buch in einem

Regal zu platzieren. „Es ist vollbracht“, sagte Greta lächelnd. „Das Wissen ist sicher und wird für immer bewahrt bleiben.“

„Wir haben gemeinsam etwas Großes erreicht“, fügte Margareta hinzu. „Und wir werden weiterhin zusammenarbeiten, um unser Dorf zu schützen und zu stärken.“

Lukas nickte zustimmend. „Wir haben viel gelernt und sind stärker daraus hervorgegangen. Und wir werden bereit sein, wenn die nächste Herausforderung kommt.“

Die drei Freunde verließen die Bibliothek und traten hinaus in die kühle Abendluft. Die Sterne funkelten am Himmel, und das Dorf war in ein friedliches Schweigen gehüllt. Lukas wusste, dass sie bereit waren, die Zukunft mit Zuversicht und Entschlossenheit anzugehen.

Und so endete die Geschichte von Eldenheim, einem Dorf, das durch Mut, Zusammenhalt und die Weisheit der Alten vor einer dunklen Macht gerettet wurde. Die Dorfbewohner hatten aus den Ereignissen gelernt und waren entschlossen, ihre Gemeinschaft zu schützen und die Lehren der Vergangenheit zu bewahren.

In den folgenden Jahren wuchs Eldenheim weiter und gedieh. Die Kinder, die einst von der dunklen Macht bedroht waren, wuchsen zu starken und mutigen Erwachsenen heran, die die Geschichten ihrer Rettung erzählten und die Lehren an ihre eigenen Kinder weitergaben. Die Bibliothek des Dorfes wurde zu einem Ort des Wissens und der Bildung, und viele kamen, um von der Weisheit der Alten zu lernen.

Lukas wurde ein angesehener Jäger und Beschützer des Dorfes. Er lehrte die jungen Jäger alles, was er wusste, und sorgte dafür, dass sie die Bedeutung von Verantwortung und Zusammenhalt verstanden. Er selbst blieb wachsam und bereit, die Gemeinschaft zu schützen, sollte erneut eine Gefahr drohen.

Greta verbrachte ihre Tage damit, die Heilkunst und das alte Wissen zu lehren. Sie war eine gefragte Beraterin und wurde von allen im Dorf respektiert und geliebt. Ihr Wissen um die alten Rituale und Legenden wurde sorgfältig bewahrt und an die nächste Generation weitergegeben.

Margareta widmete sich der Gemeinschaft und den Kindern des Dorfes. Sie erzählte ihnen Geschichten von Mut und Tapferkeit und betonte die Bedeutung von Vertrauen und Zusammenhalt. Sie wurde zu einer wahren Säule der Gemeinschaft, und ihre Weisheit und Stärke inspirierten viele.

Jedes Jahr, an dem Tag, an dem der Fluch gebrochen wurde, versammelten sich die

Dorfbewohner zu einem großen Fest. Es war ein Tag der Erinnerung und des Dankes, an dem sie die Ereignisse feierten und sich an die Lehren erinnerten. Sie erzählten die Geschichten von Lukas, Greta und Margareta und ehrten ihren Mut und ihre Entschlossenheit.

Eines Abends, viele Jahre nach den Ereignissen, saß Lukas erneut auf dem Hügel und blickte über das Dorf. Die Sonne ging hinter den Bäumen unter, und der Himmel war in warme Farben getaucht. Er dachte an all die Herausforderungen, die sie gemeistert hatten, und an die Zukunft, die vor ihnen lag.

Er wusste, dass die Welt voller Geheimnisse und Wunder war, aber auch voller Gefahren. Doch er war zuversichtlich, dass Eldenheim bereit war, jeder neuen Herausforderung zu begegnen. Die Gemeinschaft war stark und vereint, und das Wissen der Alten war sicher bewahrt.

Lukas stand auf und machte sich auf den Weg zurück ins Dorf, wissend, dass er nie allein war. Er hatte Freunde und Familie, die ihn unterstützten, und eine Gemeinschaft, die zusammenhielt. Und so ging er mit einem Lächeln auf den Lippen und Hoffnung im Herzen in die Zukunft.

Der verborgene Schatz

Das Dorf Hohenstein lag eingebettet in einem malerischen Tal, umgeben von dichten Wäldern und sanften Hügeln. Die Dorfbewohner führten ein einfaches, aber erfülltes Leben. Sie arbeiteten auf den Feldern, jagten im Wald und genossen die Gemeinschaft und das ruhige Leben abseits der Hektik der Städte. Die Häuser des Dorfes waren aus robustem Holz gebaut, mit strohgedeckten Dächern und kleinen, blumengeschmückten Gärten davor. Die Dorfbewohner kannten sich alle und halfen einander bei den täglichen Aufgaben, sei es bei der Ernte, beim Reparieren der Zäune oder beim Hüten der Tiere.

Anna und Elias waren zwei junge Abenteurer, die ihre Kindheit im Dorf verbracht hatten. Anna war mutig und neugierig, immer auf der Suche nach neuen Abenteuern und Geheimnissen. Ihr rotes Haar und ihre funkelnden grünen Augen spiegelten ihren unbändigen Geist wider. Sie war bekannt für ihre Energie und Entschlossenheit, nie vor einer Herausforderung zurückzuschrecken. Elias, ihr bester Freund, war klug und einfallsreich. Mit seinen blonden Locken und den scharfen blauen Augen war er der perfekte Partner für Annas Abenteuerlust. Er hatte ein ruhiges, nachdenkliches Wesen und war stets darauf bedacht, ihre gemeinsamen Unternehmungen gut zu planen.

An einem warmen Sommertag beschlossen Anna und Elias, den Dachboden von Annas Elternhaus zu durchsuchen. Das alte Haus war voller Geheimnisse und Erinnerungen, und der Dachboden war ein Ort, den sie selten betraten. Mit einer Mischung aus Neugier und Aufregung stiegen sie die knarrenden Holztreppen hinauf. Der Dachboden war staubig und vollgestopft mit alten Kisten, Truhen und allerlei Krimskrams. Das Licht fiel durch kleine Fenster und warf lange Schatten, die den Raum geheimnisvoll erscheinen ließen.

„Schau dir das an, Elias! So viele alte Sachen! Vielleicht finden wir hier etwas Spannendes“, sagte Anna begeistert, während sie eine Kiste nach der anderen öffnete.

Elias nickte und begann, eine alte Truhe zu untersuchen, die besonders verlockend aussah. „Hier drin könnte etwas Interessantes sein“, murmelte er, während er den schweren Deckel anhob. Staub wirbelte auf, und sie mussten husten, doch ihre Augen leuchteten vor Aufregung, als sie den Inhalt der Truhe betrachteten.

Zwischen alten Kleidern, Büchern und Schmuckstücken lag eine vergilbte, handgezeichnete Karte. Die Ränder waren ausgefranst, und die Tinte war an einigen Stellen verblasst, aber die Details waren noch gut erkennbar. Anna hob die Karte vorsichtig heraus und breitete sie auf einem alten Tisch aus.

„Elias, sieh dir das an! Eine Schatzkarte!“ rief sie begeistert und zeigte auf die Markierungen und Hinweise auf der Karte. „Es führt zu einem verborgenen Schatz im Schloss Hohenstein!“

Elias betrachtete die Karte aufmerksam und nickte nachdenklich. „Das wird ein großes Abenteuer, Anna. Aber wir sollten vorsichtig sein. Das Schloss soll gefährlich sein. Die alten Legenden erzählen von Geistern und einer dunklen Präsenz, die dort haust.“

Anna zuckte mit den Schultern, ihre Augen funkelten vor Abenteuerlust. „Gefahr ist unser zweiter Vorname! Lass uns Friedrich fragen. Vielleicht weiß er mehr über das Schloss und die Karte.“

Friedrich war der alte Dorfschmied, ein weiser Mann, der das Dorfleben seit Jahrzehnten kannte. Er hatte viele Geschichten über die Vergangenheit des Dorfes und die Legenden des Schlosses erzählt. Anna und Elias beschlossen, ihn aufzusuchen und ihm die Karte zu zeigen. Sie liefen schnell durch die Straßen des Dorfes und erreichten bald Friedrichs Schmiede. Der Klang von Hammerschlägen und das Knistern des Feuers erfüllten die Luft.

Friedrich, ein großer Mann mit einem dichten weißen Bart und freundlichen Augen, blickte auf, als die beiden Freunde eintraten. „Was führt euch zu mir, ihr jungen Abenteurer?“ fragte er mit einem warmen Lächeln.

Anna und Elias zeigten ihm die Karte und erklärten ihre Entdeckung. Friedrich nahm die Karte in die Hand, seine Augen verengten sich, als er die alten Markierungen und Symbole studierte. „Diese Karte ist alt, sehr alt“, murmelte er. „Sie zeigt den Weg zu einem Schatz, der tief im Schloss Hohenstein verborgen sein soll. Aber ich muss euch warnen: Das Schloss ist kein Ort für Abenteuerlustige. Es ist ein gefährlicher Ort, voller Geheimnisse und dunkler Mächte.“

Anna und Elias sahen einander an, ihre Entschlossenheit ungebrochen. „Wir wollen es trotzdem versuchen“, sagte Anna fest. „Wir wissen, dass es gefährlich ist, aber wir glauben, dass wir es schaffen können.“

Friedrich seufzte und legte die Karte zurück auf den Tisch. „Ihr seid mutig, das muss ich zugeben. Aber ihr müsst gut vorbereitet sein. Nehmt diese Laterne und dieses Seil mit, und achtet darauf, dass ihr immer zusammenbleibt. Und vergesst nicht, dass Mut nicht bedeutet, keine Angst zu haben, sondern trotz der Angst weiterzumachen.“

Mit diesen Worten gaben sie sich die Hand und versprachen einander, vorsichtig zu sein und aufeinander aufzupassen. Sie verließen die Schmiede mit der Karte, der Laterne und dem Seil und machten sich auf den Weg zum Schloss Hohenstein, wissend, dass sie ein großes Abenteuer und viele Gefahren erwarten würden.

Anna und Elias machten sich früh am nächsten Morgen auf den Weg zum Schloss Hohenstein. Sie hatten ihre Rucksäcke gepackt, die Laterne und das Seil von Friedrich dabei und die alte Schatzkarte fest in Annas Hand. Der Wald, durch den sie gehen mussten, war dicht und unheimlich, doch die beiden Freunde waren entschlossen, den verborgenen Schatz zu finden.

Der Weg durch den Wald war zunächst ruhig. Die Vögel sangen in den Bäumen, und das Rascheln der Blätter im Wind war beruhigend. Doch je weiter sie in den Wald eindrangen, desto dichter wurden die Bäume, und das Licht der Sonne drang kaum noch durch das Blätterdach. Eine unheimliche Stille legte sich über den Wald, und Anna und Elias spürten, wie die Spannung in der Luft zunahm.

„Elias, ich habe ein seltsames Gefühl“, sagte Anna leise, während sie sich vorsichtig durch das dichte Unterholz schlugen. „Es fühlt sich an, als ob uns jemand beobachtet.“

Elias nickte, seine Augen suchten die Umgebung nach möglichen Gefahren ab. „Ich spüre es auch. Wir müssen wachsam bleiben.“

Sie setzten ihren Weg fort, immer tiefer in den Wald hinein. Die Bäume standen nun so dicht beieinander, dass es fast dunkel war, und die Stille war so erdrückend, dass selbst ihre Schritte auf dem weichen Waldboden laut wirkten. Plötzlich hörten sie ein leises Flüstern, das aus den Schatten um sie herum zu kommen schien. Es klang wie Stimmen, die unverständliche Worte murmelten.

„Hast du das gehört?“ fragte Anna nervös, ihre Augen weiteten sich vor Angst.

„Ja“, antwortete Elias und griff fester nach der Laterne. „Wir müssen weitergehen. Das Schloss kann nicht mehr weit sein.“

Sie folgten der Karte und bald tauchte vor ihnen eine alte, verfallene Mauer auf. Das Schloss Hohenstein lag vor ihnen, umgeben von hohen, zerfallenen Mauern und überwuchertem Gestrüpp. Die Gebäude waren verfallen, und die Fenster waren blind vor Dreck. Doch trotz des verfallenen Zustands strahlte das Schloss eine unheimliche Macht aus, die die beiden Freunde in ihren Bann zog.

„Da ist es“, sagte Anna mit einer Mischung aus Aufregung und Angst in der Stimme. „Das Schloss Hohenstein.“

Elias nickte. „Wir müssen vorsichtig sein. Denk an Friedrichs Warnungen.“

Sie näherten sich vorsichtig dem Eingang des Schlosses. Die schwere Holztür war halb offen, und das Innere war in tiefes Dunkel gehüllt. Elias zündete die Laterne an, und der schwache Lichtschein enthüllte einen langen, verstaubten Korridor, der ins Innere des Schlosses führte. Die Luft war kalt und feucht, und ein modriger Geruch stieg ihnen in die Nase.

„Lass uns gehen", sagte Elias und trat vorsichtig durch die Tür. Anna folgte ihm dicht auf den Fersen, ihre Augen scannten die Umgebung nach möglichen Gefahren.

Sie gingen den Korridor entlang und erreichten bald eine große Halle. Die Wände waren mit verblassten Wandteppichen behängt, die Szenen von Schlachten und festlichen Banketten zeigten. In der Mitte der Halle stand ein großer steinerner Tisch, der mit einer dicken Schicht Staub bedeckt war. Alte Kerzenhalter standen auf dem Tisch, und die Reste von längst verloschenen Kerzen lagen verstreut auf dem Boden.

„Das muss der Speisesaal gewesen sein", flüsterte Anna, während sie sich umblickte. „Stell dir vor, wie es hier früher ausgesehen haben muss."

Elias nickte nachdenklich. „Es muss ein prächtiger Ort gewesen sein. Aber jetzt liegt etwas Dunkles über diesem Ort."

Plötzlich hörten sie ein lautes Krachen, und ein kalter Wind wehte durch die Halle. Die Tür, durch die sie gekommen waren, schlug mit einem lauten Knall zu, und die Laterne flackerte bedrohlich. Anna und Elias drehten sich um und sahen eine dunkle Gestalt am anderen Ende der Halle stehen. Die Gestalt war in einen schwarzen Umhang gehüllt, und ihre Augen funkelten unheilvoll im schwachen Licht.

„Wer seid ihr, die ihr es wagt, mein Reich zu betreten?“ fragte die Gestalt mit einer tiefen, hallenden Stimme.

Anna und Elias standen wie erstarrt, unfähig, sich zu bewegen oder zu sprechen. Die dunkle Präsenz, von der Friedrich gesprochen hatte, war real und stand nun vor ihnen. Sie mussten all ihren Mut zusammennehmen, um dieser Bedrohung zu begegnen.

„Wir suchen nach dem verborgenen Schatz“, sagte Anna schließlich mit zitternder Stimme. „Wir wollen niemandem schaden.“

Die Gestalt lachte unheilvoll. „Der Schatz? Ihr seid wie all die anderen Narren, die glaubten, ihn finden zu können. Aber ihr werdet es bereuen, hierhergekommen zu sein.“

Mit diesen Worten löste sich die Gestalt in Luft auf, und die Halle war wieder still. Doch die Worte der Gestalt hallten in Annas und Elias' Köpfen wider, und sie wussten, dass sie es mit einer mächtigen und gefährlichen Macht zu tun hatten.

„Wir müssen vorsichtig sein", sagte Elias leise. „Aber wir dürfen nicht aufgeben. Wir müssen herausfinden, was hier vor sich geht und den Schatz finden."

Anna nickte entschlossen. „Wir werden es schaffen. Gemeinsam können wir jede Gefahr überwinden."

Mit neuem Mut setzten sie ihre Erkundung des Schlosses fort, wissend, dass sie sich auf ein großes Abenteuer und viele Gefahren eingelassen hatten.

Anna und Elias gingen weiter durch die dunklen, staubigen Korridore des Schlosses Hohenstein. Die unheimliche Begegnung mit der dunklen Gestalt hatte ihre Entschlossenheit nicht geschwächt, sondern nur verstärkt. Sie wussten, dass sie auf der richtigen Spur waren und dass der verborgene Schatz irgendwo in den Tiefen des Schlosses auf sie wartete.

Als sie einen weiteren Korridor entlanggingen, stießen sie auf eine schwere Holztür, die mit eisernen Bändern verstärkt war. Elias drückte vorsichtig gegen die Tür, und sie öffnete sich mit einem ächzenden Geräusch. Dahinter lag ein kleiner Raum, der von einem schwachen Licht durchflutet wurde, das durch ein kleines, hohes Fenster fiel.

Der Raum war voller alter Bücher und Schriftrollen, die in hohen Regalen aufgestapelt waren. In der Mitte des Raumes stand ein großer, hölzerner Schreibtisch, der ebenfalls mit Büchern und Papieren bedeckt war. Ein alter, verstaubter Globus stand in einer Ecke, und die Luft war schwer und muffig.

„Das muss die Bibliothek des Schlosses sein“, sagte Anna leise, während sie sich umsah. „Vielleicht finden wir hier Hinweise auf den Schatz und die dunkle Präsenz.“

Elias nickte und begann, die Bücher und Schriftrollen auf dem Schreibtisch zu durchsuchen. „Diese Bücher sehen sehr alt aus. Vielleicht erzählen sie uns mehr über die Geschichte des Schlosses und den Fluch, der darauf liegt.“

Anna nahm ein altes, ledergebundenes Buch aus einem der Regale und blätterte vorsichtig durch die vergilbten Seiten. Die Schrift war in einer alten, schwer lesbaren Sprache verfasst, aber einige der Wörter waren noch gut zu erkennen. „Hier steht etwas über einen Fluch, der auf das Schloss gelegt wurde“, sagte sie und zeigte Elias die Seite. „Es scheint, dass der Schatz und der Fluch miteinander verbunden sind.“

Elias nahm das Buch und las die Passage aufmerksam. „Der Fluch wurde von einem mächtigen Zauberer namens Alaric ausgesprochen“, las er vor. „Er war der letzte Besitzer des Schlosses und wollte sicherstellen, dass niemand seinen Schatz findet. Der Fluch soll jeden treffen, der es wagt, das Schloss zu betreten und nach dem Schatz zu suchen.“

„Das erklärt die dunkle Präsenz, die wir gespürt haben“, sagte Anna nachdenklich. „Alarics Geist scheint noch immer über das Schloss zu wachen.“

Plötzlich hörten sie ein leises Geräusch hinter sich. Sie drehten sich um und sahen, dass eine der alten Schriftrollen auf dem Boden lag, als ob sie von einem unsichtbaren Windhauch bewegt worden wäre. Ein kalter Schauer lief ihnen über den Rücken, und sie wussten, dass sie nicht allein in diesem Raum waren.

„Wir müssen weiter suchen“, sagte Elias entschlossen. „Vielleicht finden wir noch mehr Hinweise, die uns helfen können, den Fluch zu brechen und den Schatz zu finden.“

Sie durchsuchten weiter die Bücher und Schriftrollen und stießen auf ein weiteres Dokument, das von einem Ritual sprach, das den Fluch brechen könnte. „Hier steht, dass das Ritual an einem bestimmten Ort im Schloss durchgeführt werden muss“, sagte Anna. „Es scheint, dass wir zu einer geheimen Kammer unter dem Schloss gelangen müssen."

Elias studierte die Karte, die in dem Dokument skizziert war. „Es sieht so aus, als ob der Eingang zu der Kammer in der großen Halle des Schlosses versteckt ist", sagte er. „Wir müssen zurückgehen und nach einem versteckten Zugang suchen."

Mit neuen Informationen und einem klaren Ziel vor Augen machten sich Anna und Elias auf den Weg zurück zur großen Halle. Die Atmosphäre im Schloss war noch immer bedrückend und unheimlich, doch sie waren fest entschlossen, den Fluch zu brechen und den Schatz zu finden.

In der großen Halle suchten sie aufmerksam nach Hinweisen auf den versteckten Zugang. „Die Karte zeigt, dass der Zugang irgendwo in der Nähe des steinernen Tisches sein muss", sagte Elias und klopfte vorsichtig auf den Boden und die Wände.

Nach einer Weile entdeckte Anna eine lose Steinplatte im Boden neben dem Tisch. „Elias, ich glaube, ich habe etwas gefunden", rief sie aufgeregt. Gemeinsam hoben sie die Steinplatte an und enthüllten eine dunkle Öffnung, die zu einer Treppe führte, die in die Tiefe führte.

„Das muss der Eingang zur geheimen Kammer sein", sagte Elias. „Bist du bereit, Anna?"

Anna nickte entschlossen. „Lass uns gehen. Wir haben keine Zeit zu verlieren."

Mit der Laterne in der Hand und dem Seil fest um ihre Schultern gebunden, stiegen sie die steinernen Stufen hinab in die Dunkelheit. Die Luft wurde kälter und feuchter, je tiefer sie hinabstiegen, und das Gefühl der Beklemmung nahm zu. Doch sie ließen sich nicht abschrecken und setzten ihren Weg fort.

Unten angekommen, fanden sie sich in einem großen, unterirdischen Raum wieder. Die Wände waren mit alten Symbolen und Runen bedeckt, die im schwachen Licht der Laterne unheimlich flimmerten. In der Mitte des Raumes stand ein steinerner Altar, der mit seltsamen, leuchtenden Kristallen verziert war.

„Das muss der Ort sein, an dem wir das Ritual durchführen müssen", sagte Anna leise. „Wir müssen die Anweisungen genau befolgen."

Elias nickte und holte das Dokument mit den Ritualanweisungen hervor. „Wir müssen die Symbole um den Altar herum zeichnen und die Kristalle an den richtigen Stellen platzieren", erklärte er. „Dann müssen wir die alten Worte des Zaubers rezitieren."

Mit größter Sorgfalt begannen sie, die Symbole auf den Boden zu zeichnen und die Kristalle zu platzieren. Die Atmosphäre im Raum wurde immer dichter, und das Gefühl der dunklen Präsenz verstärkte sich. Doch sie ließen sich nicht beirren und arbeiteten konzentriert weiter.

Als alles vorbereitet war, stellten sie sich um den Altar und Elias begann, die alten Worte des Zaubers zu rezitieren. Seine Stimme hallte in dem unterirdischen Raum wider, und die Kristalle begannen zu leuchten. Die Symbole auf dem Boden glühten auf, und ein kalter Wind wehte durch den Raum.

Plötzlich erschien die dunkle Gestalt wieder, ihre Augen funkelten vor Zorn. „Ihr wagt es, meinen Fluch zu brechen?“ schrie sie. „Ihr werdet dafür bezahlen!“

Anna und Elias hielten standhaft und setzten das Ritual fort. Die Gestalt versuchte, sie zu überwältigen, doch die Macht des Zaubers war stärker. Das Licht der Kristalle wurde intensiver, und die Symbole leuchteten hell auf. Mit einem letzten, kraftvollen Ausruf beendeten sie das Ritual, und die dunkle Gestalt schrie vor Verzweiflung, bevor sie sich in Luft auflöste.

Die Stille kehrte zurück, und der Raum war erfüllt von einem Gefühl der Erleichterung. Der Fluch war gebrochen, und die dunkle Präsenz war verschwunden. Anna und Elias sanken erschöpft zu Boden, doch sie wussten, dass ihre Aufgabe noch nicht beendet war. Sie mussten den Schatz finden.

Nachdem der Fluch gebrochen und die dunkle Präsenz vertrieben war, kehrte eine unheimliche Stille in den unterirdischen Raum ein. Anna und Elias atmeten tief durch und sammelten ihre Kräfte. Sie wussten, dass ihre Aufgabe noch nicht beendet war und dass der verborgene Schatz irgendwo in den Tiefen des Schlosses auf sie wartete.

„Wir müssen weitersuchen“, sagte Elias entschlossen. „Der Schatz muss hier irgendwo sein.“

Anna nickte und erhob sich langsam. „Lass uns die Kammer durchsuchen. Vielleicht gibt es Hinweise darauf, wo der Schatz versteckt sein könnte.“

Sie durchsuchten die Wände und den Boden der Kammer sorgfältig, achteten auf versteckte Türen oder lose Steine. Nach einiger Zeit entdeckte Elias eine kleine Vertiefung in der Wand hinter dem Altar. „Anna, hier ist etwas“, rief er und zeigte auf die Vertiefung. „Es sieht aus, als ob hier ein Mechanismus verborgen ist.“

Anna trat näher und untersuchte die Vertiefung. „Es scheint ein alter Schalter zu sein. Vielleicht öffnet er eine geheime Tür.“

Mit einem leisen Klicken drückte Elias den Schalter, und die Wand neben ihnen begann sich langsam zu öffnen. Dahinter verbarg sich ein schmaler, dunkler Gang, der weiter in die Tiefe führte. Ein kalter Luftzug wehte ihnen entgegen, und das Gefühl der Beklemmung nahm erneut zu.

„Das muss der Weg zum Schatz sein“, sagte Anna mit einer Mischung aus Aufregung und Nervosität. „Wir sollten vorsichtig sein.“

Elias nickte und zündete die Laterne erneut an. „Bleib dicht bei mir, und pass auf, wo du hintrittst. Wir wissen nicht, welche Fallen hier auf uns warten.“

Der schmale Gang führte sie immer tiefer in das Schloss hinein. Die Wände waren feucht und von Moos überwuchert, und das schwache Licht der Laterne warf unheimliche Schatten. Nach einiger Zeit erreichten sie einen weiteren Raum, der deutlich kleiner war als die große Kammer, aber dennoch beeindruckend. In der Mitte des Raumes stand eine große, steinerne Truhe, die mit kunstvollen Schnitzereien verziert war.

„Das muss der Schatz sein“, flüsterte Anna ehrfürchtig. „Wir haben ihn gefunden.“

Elias trat vorsichtig näher und untersuchte die Truhe. „Wir müssen sicherstellen, dass keine Fallen ausgelöst werden, bevor wir sie öffnen.“

Mit größter Sorgfalt überprüfte er die Truhe und fand schließlich einen versteckten Mechanismus, der eine tödliche Falle ausgelöst hätte, wenn sie die Truhe ohne Vorsicht geöffnet hätten.

„Es ist sicher“, sagte Elias und deaktivierte den Mechanismus. „Lass uns sehen, was sich darin verbirgt.“

Gemeinsam öffneten sie die schwere steinerne Truhe, und ein heller Glanz erfüllte den Raum. Der Schatz war atemberaubend: Goldmünzen, funkelnde Edelsteine, kostbare Schmuckstücke und alte Artefakte lagen in der Truhe. Doch neben den wertvollen Schätzen fanden sie auch alte Schriftrollen und Bücher, die scheinbar von unschätzbarem Wert waren.

„Das ist unglaublich“, sagte Anna und ließ ihren Blick über den Schatz schweifen. „Wir haben es geschafft, Elias. Wir haben den Schatz gefunden.“

Elias nickte, doch seine Aufmerksamkeit war auf die alten Schriftrollen und Bücher gerichtet. „Diese Schriften scheinen wichtige Informationen zu enthalten. Vielleicht erzählen sie mehr über die Geschichte des Schlosses und den Fluch, den wir gebrochen haben.“

Während sie den Schatz betrachteten, hörten sie plötzlich ein leises Flüstern, das aus den Schatten des Raumes zu kommen schien. Ein kalter Schauer lief ihnen über den Rücken, und sie wussten, dass die dunkle Präsenz noch nicht vollständig besiegt war.

„Wir müssen die Schriften mitnehmen und herausfinden, was sie bedeuten“, sagte Elias entschlossen. „Vielleicht gibt es noch mehr, was wir über den Fluch und die dunkle Präsenz lernen können.“

Anna nickte und packte einige der wertvollsten Schätze sowie die alten Schriftrollen und Bücher in ihren Rucksack. „Lass uns zurück ins Dorf gehen und Friedrich alles erzählen. Er wird wissen, was zu tun ist.“

Mit dem Schatz und den Schriften im Gepäck machten sie sich auf den Rückweg durch das Schloss. Der Weg zurück schien weniger bedrohlich, doch sie blieben wachsam und vorsichtig. Als sie schließlich wieder das Tageslicht erreichten, atmeten sie tief durch und fühlten eine Welle der Erleichterung.

„Wir haben es geschafft, Anna“, sagte Elias mit einem stolzen Lächeln. „Der Fluch ist gebrochen, und wir haben den Schatz gefunden.“

Anna lächelte zurück. „Ja, und wir haben es gemeinsam geschafft. Jetzt müssen wir sicherstellen, dass das Wissen und die Schätze sicher aufbewahrt werden.“

Als sie das Dorf erreichten, wurden sie von den Dorfbewohnern mit offenen Armen empfangen. Friedrich, der alte Dorfschmied, hörte aufmerksam zu, als Anna und Elias ihm von ihren Abenteuern und Entdeckungen erzählten.

„Ihr habt Großes geleistet", sagte Friedrich mit tiefer Stimme. „Der Schatz und die alten Schriften sind von unschätzbarem Wert. Wir müssen das Wissen bewahren und die Schätze nutzen, um das Dorf zu verbessern."

Eine große Feier wurde vorbereitet, um die Rückkehr von Anna und Elias zu feiern. Die Dorfbewohner waren dankbar und stolz auf die beiden Abenteurer, die mutig genug gewesen waren, sich den Gefahren des Schlosses zu stellen und den Schatz zu bergen.

Die Dorfbewohner feierten die Rückkehr von Anna und Elias mit einem großen Fest. Überall im Dorf waren Lichter und Fackeln entzündet, und der Dorfplatz war erfüllt von Musik, Lachen und fröhlichen Stimmen. Die Menschen tanzten und sangen, und das Aroma von frisch gebackenem Brot und gebratenem Fleisch lag in der Luft. Anna und Elias standen im Mittelpunkt der Feier, umgeben von Freunden und Familien, die ihre mutige Tat bewunderten und ihnen dankten.

Während der Feier zog sich Friedrich mit Anna und Elias in sein Haus zurück, um die gefundenen

Schriftrollen und Bücher genauer zu untersuchen. Der alte Dorfschmied war nicht nur ein Meister seines Handwerks, sondern auch ein Gelehrter, der die alten Schriften und Legenden des Dorfes studiert hatte. Sie breiteten die Schriften auf seinem großen Holztisch aus, und Friedrich begann, die alten Texte zu entziffern.

„Diese Schriften sind wirklich bemerkenswert", sagte Friedrich, während er eine Schriftrolle vorsichtig entrollte. „Sie enthalten nicht nur Informationen über den Schatz, sondern auch über die Geschichte des Schlosses und den Fluch, der darauf lag."

Anna und Elias lauschten aufmerksam, während Friedrich ihnen von der dunklen Vergangenheit des Schlosses Hohenstein erzählte. „Der Zauberer Alaric war ein mächtiger Mann, der seine Fähigkeiten nutzte, um Reichtum und Macht zu erlangen. Doch seine Gier und sein Streben nach Unsterblichkeit führten schließlich zu seinem Untergang. Er legte einen Fluch auf das Schloss, um sicherzustellen, dass niemand seinen Schatz finden und seine Geheimnisse lüften würde."

„Und was ist mit dem Fluch passiert, nachdem wir das Ritual durchgeführt haben?" fragte Elias.

„Ihr habt den Fluch gebrochen und die dunkle Präsenz vertrieben", erklärte Friedrich. „Doch die Schriften deuten darauf hin, dass der Schatz mehr ist als nur Gold und Juwelen. Er enthält auch Wissen und Artefakte, die von unschätzbarem Wert sind. Dieses Wissen könnte uns helfen, das Dorf zu schützen und zu verbessern."

Anna und Elias tauschten einen bedeutungsvollen Blick. „Dann haben wir also nicht nur einen Schatz gefunden, sondern auch etwas, das unser Dorf für immer verändern könnte", sagte Anna nachdenklich.

Friedrich nickte. „Genau. Es liegt an uns, dieses Wissen zu nutzen und die Schätze weise zu verwalten. Wir müssen sicherstellen, dass die Fehler der Vergangenheit nicht wiederholt werden und dass das Wissen für zukünftige Generationen bewahrt wird."

In den folgenden Tagen arbeiteten Anna, Elias und Friedrich daran, die Schriften zu übersetzen und das Wissen zu dokumentieren. Sie richteten eine Bibliothek im Dorf ein, in der die alten Schriften und Bücher aufbewahrt wurden. Die Dorfbewohner halfen, das Wissen zu verbreiten und die Schätze für das Wohl des Dorfes einzusetzen.

Mit den gefundenen Schätzen konnten sie das Dorf verbessern. Neue Werkzeuge und Materialien wurden angeschafft, die Felder wurden effizienter bewirtschaftet, und neue Häuser wurden gebaut. Die Dorfbewohner waren dankbar und stolz auf das, was Anna und Elias erreicht hatten, und sie wussten, dass ihre Gemeinschaft stärker und vereinter war als je zuvor.

Anna und Elias fühlten eine tiefe Zufriedenheit. Sie hatten nicht nur den Schatz gefunden, sondern auch das Wissen und die Weisheit, die das Dorf Hohenstein für die Zukunft brauchte. Sie wussten, dass sie gemeinsam alles erreichen konnten und dass ihre Freundschaft und ihr Mut das Dorf für immer verändert hatten.

Einige Monate waren seit der Entdeckung des Schatzes vergangen. Das Dorf Hohenstein hatte sich dank der Schätze und des neu gewonnenen Wissens weiterentwickelt. Die Felder waren grün und ertragreich, die Häuser robust und komfortabel, und die Dorfbewohner lebten in einer Gemeinschaft, die durch Vertrauen und Zusammenarbeit gestärkt wurde.

Anna und Elias hatten ihre Erfahrungen in einem Buch festgehalten, das in der neuen Bibliothek aufbewahrt wurde. Sie wollten sicherstellen, dass die Geschichte ihrer Abenteuer und die Lehren aus dem Fluch von zukünftigen Generationen gelesen und verstanden wurden. Das Buch wurde oft von den Kindern des Dorfes gelesen, die von den Geschichten der mutigen Abenteurer inspiriert wurden.

Eines Abends saßen Anna und Elias auf einer kleinen Anhöhe außerhalb des Dorfes und blickten auf das Tal hinab. Die Sonne ging hinter den Hügeln unter und tauchte die Landschaft in ein warmes, goldenes Licht. Es war ein friedlicher Moment, und sie genossen die Stille und die Schönheit der Natur.

„Wir haben viel erreicht, Elias", sagte Anna leise. „Ich bin so stolz auf das, was wir gemeinsam geschafft haben."

Elias lächelte und nickte. „Ja, wir haben das Dorf verändert und eine sichere Zukunft für alle geschaffen. Aber ich glaube, das ist erst der Anfang. Es gibt noch so viel zu entdecken und zu lernen."

Anna nickte zustimmend. „Die Welt ist voller Geheimnisse und Abenteuer. Und ich freue mich darauf, sie mit dir zu entdecken."

Sie saßen noch eine Weile schweigend da, eingehüllt in die Ruhe des Abends. Sie wussten, dass sie bereit waren, jeder neuen Herausforderung entgegenzutreten, die das Leben ihnen stellte. Ihre Freundschaft und ihr Mut hatten ihnen gezeigt, dass sie alles erreichen konnten, wenn sie zusammenarbeiteten.

Als die ersten Sterne am Himmel erschienen, machten sie sich auf den Rückweg ins Dorf, wissend, dass ihre Geschichte noch lange nicht zu Ende war. Es gab noch viele Abenteuer zu erleben und viele Geheimnisse zu lüften. Und sie waren bereit, diese Herausforderungen gemeinsam zu meistern.

Das Dorf Hohenstein lebte weiter, gestärkt durch das Wissen und die Schätze, die Anna und Elias entdeckt hatten. Die Gemeinschaft war vereint und stark, und die Geschichten der mutigen Abenteurer wurden von Generation zu Generation weitergegeben. Und so begann ein neues Kapitel in der Geschichte des Dorfes, voller Hoffnung, Mut und unendlicher Möglichkeiten.

Der Schatten im Spiegel

Jessica stand vor dem alten, viktorianischen Haus, das sie gerade gekauft hatte. Es war ein sonniger Tag im Herbst 1992, und die Blätter der Bäume färbten sich in warmen Rot- und Goldtönen. Der Umzug in die kleine Stadt war ein großer Schritt für sie gewesen. Nach Jahren des hektischen Großstadtlebens hatte sie sich nach Ruhe und einem Neuanfang gesehnt. Das Haus hatte auf den ersten Blick ihren Charme eingefangen: kunstvolle Schnitzereien an den Fensterrahmen, der breite Verandavorbau und die hohen Decken, die an eine vergangene Ära erinnerten. Doch es war auch deutlich renovierungsbedürftig, was Jessica jedoch nicht abschreckte. Sie hatte immer schon eine Schwäche für alte Gebäude und die Geschichten, die sie erzählten.

Mit einem Seufzen der Zufriedenheit öffnete sie die schwere Holztür und trat ein. Die Eingangshalle war geräumig, mit einem großen Kronleuchter, der in der Mitte von der Decke hing. Die Stufen der geschwungenen Treppe, die nach oben führte, knarrten leise unter ihren Schritten. Das Haus war zwar etwas staubig, aber die Struktur war solide, und Jessica sah das Potenzial in jedem Raum. Während sie durch die Räume ging, stellte sie sich vor, wie sie das Haus einrichten und zu ihrem neuen Zuhause machen würde.

Das Wohnzimmer beeindruckte sie besonders. Es war groß und hell, die hohen Fenster ließen viel Licht herein, und die Holzdielen knarrten angenehm unter ihren Füßen. An der Wand hing ein großer, alter Spiegel. Der Rahmen war aus dunklem Holz gefertigt und mit kunstvollen Schnitzereien verziert, die florale Muster und seltsame Symbole darstellten. Der Spiegel schien das Herzstück des Raumes zu sein und zog sofort ihre Aufmerksamkeit auf sich.

„Dieser Spiegel ist wirklich etwas Besonderes", murmelte Jessica zu sich selbst, während sie ihre Finger über die Schnitzereien des Rahmens gleiten ließ. Doch als sie in das Glas blickte, überkam sie ein seltsames Gefühl. Es war, als ob der Spiegel sie beobachtete, als ob etwas in ihm lebte. Sie konnte ihren eigenen Blick kaum von der glatten Oberfläche abwenden, und für einen kurzen Moment meinte sie, einen Schatten hinter ihrem Spiegelbild zu sehen. Ein kalter Schauer lief ihr über den Rücken, und sie trat einen Schritt zurück.

Jessica schüttelte den Kopf und schob das Gefühl beiseite. Es war schließlich ein altes Haus, und solche Gedanken waren nur natürlich. Sie beschloss, die restlichen Räume zu erkunden und den Tag damit zu verbringen, ihre Sachen auszupacken und sich einzurichten. Das Schlafzimmer im ersten Stock hatte eine wunderschöne Aussicht auf den Garten, und die

Küche war groß genug für ihre Pläne, regelmäßig Freunde zum Essen einzuladen.

Doch in der ersten Nacht in ihrem neuen Zuhause konnte Jessica nicht schlafen. Immer wieder hatte sie das Gefühl, dass sie beobachtet wurde. Geräusche, die sie nicht zuordnen konnte, hallten durch das Haus. Ein leises Flüstern, Schritte auf dem knarrenden Holzfußboden, das entfernte Klirren von Glas. Sie lag wach im Bett und lauschte, ihr Herz schlug schneller, als sie sich vorstellte, was diese Geräusche verursachen könnte. Die Dunkelheit schien lebendig zu sein, und das unheimliche Gefühl, das sie tagsüber im Wohnzimmer gespürt hatte, war jetzt noch stärker.

Am nächsten Morgen beschloss Jessica, ihre Nachbarn kennenzulernen. Vielleicht konnten sie ihr mehr über das Haus und seine Geschichte erzählen. Sie zog sich eine Jacke über und ging hinaus in den klaren Herbstmorgen. Der Nebel lag noch schwer über den Hügeln, und die Kälte biss ihr in die Wangen, als sie hinüber zu dem Haus nebenan ging und an die Tür klopfte. Ein freundlicher Mann, etwa in ihrem Alter, öffnete die Tür und stellte sich als Tom vor.

„Willkommen in der Nachbarschaft", sagte Tom mit einem Lächeln. „Ich habe gesehen, dass jemand in das alte Haus nebenan eingezogen ist. Es ist schon lange leer."

Jessica nickte und lächelte zurück. „Ja, ich habe es gerade gekauft. Es hat viel Charme, aber auch ein paar seltsame Eigenheiten. Kennst du die Geschichte des Hauses?“

Tom runzelte die Stirn und dachte einen Moment nach. „Ich weiß nur, dass es seit Jahren leer steht. Die letzten Besitzer sind plötzlich verschwunden, und niemand weiß genau, warum. Aber wenn du mehr wissen möchtest, solltest du mit Mrs. Hawkins sprechen. Sie lebt schon ewig hier und kennt alle Geschichten.“

Jessica bedankte sich bei Tom und machte sich auf den Weg zu Mrs. Hawkins’ Haus. Die ältere Frau lebte am Ende der Straße in einem kleinen, gepflegten Häuschen. Sie öffnete die Tür und begrüßte Jessica mit einem freundlichen Lächeln.

„Guten Tag, meine Liebe. Was führt dich zu mir?“ fragte Mrs. Hawkins.

Jessica erzählte ihr von ihrem neuen Haus und den seltsamen Gefühlen, die sie dort hatte. „Ich habe gehört, dass Sie viel über die Geschichte der Häuser hier wissen. Können Sie mir etwas über mein Haus erzählen?“

Mrs. Hawkins nickte ernst. „Das Haus, in dem du jetzt lebst, hat eine dunkle Geschichte. Es gehörte einst einer Familie, die spurlos verschwand. Man sagt, dass der Spiegel im Wohnzimmer verflucht ist. Seltsame Dinge sind geschehen, und niemand weiß genau, warum. Es gibt viele Gerüchte, aber die Wahrheit kennt wohl niemand."

Jessica spürte einen Schauer über ihren Rücken laufen. „Ein verfluchter Spiegel? Was könnte das bedeuten?"

Mrs. Hawkins seufzte. „Ich weiß es nicht genau, aber ich habe gehört, dass der Spiegel aus einem alten Haus stammt, das vor vielen Jahren abgebrannt ist. Der Spiegel war das einzige, was das Feuer überstanden hat. Seitdem ranken sich viele Geschichten um ihn. Einige sagen, dass der Geist einer Frau in dem Spiegel gefangen ist, andere behaupten, er sei ein Tor zu einer anderen Welt."

Jessica dankte Mrs. Hawkins für die Informationen und machte sich auf den Rückweg. Die Geschichte des Spiegels ließ sie nicht los, und sie beschloss, Nachforschungen anzustellen. Zurück zu Hause setzte sie sich an ihren Schreibtisch und begann, in alten Zeitungsartikeln und Archivunterlagen nach Hinweisen zu suchen. Sie musste herausfinden, was es mit dem Spiegel auf sich hatte und warum er solche unheimlichen Gefühle in ihr weckte.

Jessica verbrachte den nächsten Tag damit, in alten Zeitungsartikeln und Archivunterlagen nach Hinweisen zu suchen. Die örtliche Bibliothek war ein Schatz an Informationen, und die freundliche Bibliothekarin half ihr, die benötigten Dokumente zu finden. Die Geschichte des Hauses und insbesondere des Spiegels schien tief in den Legenden der Stadt verwurzelt zu sein.

Während sie die vergilbten Seiten durchblätterte, stieß Jessica auf mehrere Berichte über mysteriöse Vorfälle im Haus. Es gab Geschichten über seltsame Geräusche, unerklärliche Kälte und das Gefühl, beobachtet zu werden. Die ehemaligen Bewohner hatten von unheimlichen Visionen im Spiegel erzählt, von Schatten, die sich bewegten und Gestalten, die plötzlich im Glas auftauchten und ebenso schnell wieder verschwanden.

Eine Schlagzeile aus dem Jahr 1954 erregte besonders ihre Aufmerksamkeit: „Familie verschwindet spurlos – Letzter Aufenthaltsort das alte Hawkins-Haus." Der Artikel beschrieb, wie die Familie Smith, die damals in dem Haus gelebt hatte, eines Nachts plötzlich verschwunden war. Nachbarn berichteten von lauten Schreien und einem plötzlichen Lichtblitz, der aus dem Haus kam. Die Polizei hatte das Haus durchsucht, aber keine Spuren der Familie gefunden. Das einzige, was ihnen aufgefallen war, war der große, verstaubte Spiegel im Wohnzimmer, der damals schon dort gehangen hatte.

Jessica fühlte eine Gänsehaut über ihren Rücken laufen. „Was ist mit diesen Menschen passiert?“ murmelte sie vor sich hin. „Und was hat der Spiegel damit zu tun?“

Am Nachmittag beschloss sie, Tom um Hilfe zu bitten. Er hatte sich am Morgen als hilfsbereit und freundlich erwiesen, und sie hoffte, dass er ihr bei ihren Nachforschungen zur Seite stehen würde. Sie ging hinüber zu seinem Haus und klopfte an die Tür. Tom öffnete und lächelte, als er Jessica sah.

„Hey, Jessica. Wie geht es dir? Hast du schon mehr über das Haus herausgefunden?“ fragte er neugierig.

„Ein bisschen“, antwortete Jessica. „Ich habe in der Bibliothek recherchiert und einige wirklich beunruhigende Dinge entdeckt. Könntest du mir helfen? Es gibt so viel, das ich nicht verstehe.“

Tom nickte sofort. „Natürlich, ich helfe dir gerne. Was hast du herausgefunden?“

Sie setzten sich an Jessicas Küchentisch, und Jessica zeigte ihm die alten Zeitungsartikel und Notizen, die sie gesammelt hatte. Tom las aufmerksam mit, und seine Miene wurde zunehmend ernst. „Das ist wirklich beängstigend“, sagte er schließlich. „Dieser Spiegel scheint eine zentrale Rolle in all diesen Ereignissen zu spielen.

Hast du schon versucht, mehr über seine Herkunft herauszufinden?“

Jessica schüttelte den Kopf. „Noch nicht, aber Mrs. Hawkins hat erwähnt, dass der Spiegel aus einem alten Haus stammt, das abgebrannt ist. Es wäre hilfreich, mehr darüber zu wissen.“

„Dann sollten wir Mrs. Hawkins noch einmal besuchen“, schlug Tom vor. „Vielleicht kann sie uns mehr Details geben.“

Jessica und Tom machten sich auf den Weg zu Mrs. Hawkins’ Haus. Die ältere Frau begrüßte sie freundlich und lud sie ein, sich zu setzen. „Ihr seid also zurückgekommen. Habt ihr etwas Interessantes gefunden?“ fragte sie mit einem wissenden Lächeln.

Jessica erzählte ihr von den Artikeln, die sie in der Bibliothek gefunden hatte, und von den Geschichten über den Spiegel. „Wir möchten mehr über das abgebrannte Haus und die Herkunft des Spiegels erfahren. Können Sie uns mehr darüber erzählen?“

Mrs. Hawkins seufzte und lehnte sich in ihrem Sessel zurück. „Das Haus, von dem ich gesprochen habe, war das alte Ransom-Haus. Es stand vor vielen Jahren am Rand der Stadt. Die Familie Ransom war wohlhabend, aber es gab viele Gerüchte über sie. Man sagte, dass sie dunkle

Rituale praktizierten und dass der Spiegel ein Teil davon war. Eines Nachts brach ein Feuer aus, und das Haus brannte bis auf die Grundmauern nieder. Niemand überlebte, aber der Spiegel blieb unversehrt. Er wurde später verkauft und fand schließlich seinen Weg in das Haus, in dem du jetzt lebst.“

„Dunkle Rituale?“ wiederholte Tom skeptisch. „Was genau bedeutet das?“

Mrs. Hawkins schaute ihn ernst an. „Es gibt viele Geschichten, aber keine davon ist bestätigt. Einige sagen, dass die Ransoms versuchten, Kontakt mit einer anderen Welt aufzunehmen, während andere glauben, dass sie einen alten Fluch heraufbeschworen haben. Was auch immer die Wahrheit ist, der Spiegel scheint ein Artefakt dieser Rituale zu sein.“

Jessica und Tom tauschten einen besorgten Blick. „Wir müssen herausfinden, was diese Rituale waren und wie wir den Fluch brechen können“, sagte Jessica entschlossen. „Gibt es noch jemanden in der Stadt, der mehr darüber wissen könnte?“

Mrs. Hawkins dachte einen Moment nach und nickte dann. „Es gibt jemanden. Professor Whitaker, ein pensionierter Geschichtslehrer, hat viele alte Schriften und Dokumente gesammelt. Er lebt nicht weit von hier und könnte euch weiterhelfen.“

Jessica und Tom bedankten sich bei Mrs. Hawkins und machten sich auf den Weg zu Professor Whitaker. Sie wussten, dass sie schnell handeln mussten, bevor der Fluch sie und ihr neues Zuhause vollständig einnahm.

Jessica und Tom erreichten das Haus von Professor Whitaker, einem kleinen, verwunschenen Anwesen am Rande der Stadt. Das Haus war von einem alten Garten umgeben, der von wilden Rosensträuchern und hohen Hecken überwuchert war. Sie gingen den gewundenen Pfad entlang und klopften an die schwere Holztür. Nach einigen Momenten öffnete ein älterer Mann mit grauem Haar und Brille die Tür. Seine Augen funkelten neugierig hinter den dicken Gläsern.

„Guten Tag. Sie müssen Professor Whitaker sein", begann Jessica höflich. „Wir haben von Mrs. Hawkins gehört, dass Sie uns vielleicht bei unseren Nachforschungen helfen können."

Professor Whitaker musterte sie aufmerksam und trat dann zur Seite. „Kommt herein. Erzählt mir, worum es geht."

Sie traten in das gemütliche Wohnzimmer, das vollgestopft war mit Büchern, alten Landkarten und antiken Möbeln. Der Duft von altem Papier und Leder erfüllte die Luft. Sie setzten sich auf das Sofa, und Jessica erzählte dem Professor von dem Haus, dem Spiegel und den seltsamen Ereignissen, die sie erlebt hatten. Tom ergänzte die Erzählung mit den Details über die Ransom-Familie und die dunklen Rituale.

„Das ist sehr interessant“, sagte Professor Whitaker, als sie geendet hatten. „Ich habe tatsächlich einige alte Dokumente über die Ransoms und ihre Praktiken. Wartet hier, ich werde sie holen.“

Er verschwand in einem angrenzenden Raum und kehrte wenig später mit einem Stapel alter Bücher und Pergamente zurück. Er legte sie vorsichtig auf den Tisch und begann, durch die Seiten zu blättern. „Die Ransom-Familie war bekannt für ihre okkulten Praktiken. Es wird gesagt, dass sie Kontakt zu einer anderen Welt suchten und dabei den Spiegel als Tor benutzten. Sie führten Rituale durch, die darauf abzielten, die Grenze zwischen den Welten zu durchbrechen.“

Jessica beugte sich vor und betrachtete die alten Schriften. „Was genau war das Ziel dieser Rituale?“

„Es gibt viele Theorien“, antwortete der Professor. „Einige glauben, dass sie versuchten, unsterblich zu werden, andere denken, dass sie Macht und Wissen aus einer anderen Dimension erlangen wollten. Was auch immer ihr Ziel war, es ging schrecklich schief. Das Feuer, das ihr Haus zerstörte, könnte eine Folge dieser Rituale gewesen sein."

Tom runzelte die Stirn. „Und der Spiegel? Was macht ihn so besonders?"

Professor Whitaker blätterte zu einer besonders vergilbten Seite und zeigte auf eine Abbildung des Spiegels. „Dieser Spiegel wurde angeblich in einem alten Tempel in Europa gefunden und nach Amerika gebracht. Er soll mit einem Fluch belegt sein, der jeden trifft, der versucht, ihn zu nutzen. Die Ransoms haben diesen Spiegel in ihre Rituale einbezogen, und seitdem scheint er eine Verbindung zu der dunklen Macht zu haben, die sie heraufbeschworen haben."

Jessica fühlte einen Kloß in ihrem Hals. „Gibt es eine Möglichkeit, den Fluch zu brechen?"

Der Professor nickte langsam. „Es gibt Berichte über ein altes Ritual, das den Fluch aufheben kann. Es erfordert jedoch besondere Zutaten und muss genau zur richtigen Zeit durchgeführt werden. Ich habe die Anweisungen irgendwo hier..." Er suchte in den Dokumenten und zog schließlich eine alte, handgeschriebene Seite hervor. „Hier ist es. Ihr braucht eine Mischung aus seltenen Kräutern, ein altes Amulett, das in den Ritualen der Ransoms verwendet wurde, und eine spezielle Kerze, die mit bestimmten Symbolen verziert ist."

Tom nahm die Seite und las sie sorgfältig durch. „Wo finden wir all diese Dinge?“

Professor Whitaker lächelte schwach. „Einige der Kräuter wachsen in der Nähe des alten Ransom-Anwesens. Das Amulett soll in der alten Kirche der Stadt versteckt sein. Und die Kerze... nun, ich habe eine solche Kerze in meiner Sammlung. Ihr könnt sie haben.“

Jessica und Tom bedankten sich beim Professor und machten sich auf den Weg, die benötigten Gegenstände zu besorgen. Sie wussten, dass die Zeit knapp war und dass sie schnell handeln mussten, um den Fluch zu brechen und den Schatten im Spiegel zu vertreiben.

Jessica und Tom machten sich sofort auf den Weg, um die notwendigen Zutaten für das Ritual zu beschaffen. Ihre erste Station war das alte Ransom-Anwesen, das jetzt eine verlassene Ruine am Rand der Stadt war. Der Ort war überwuchert von dichten Büschen und hohen Bäumen, die das Gelände in ein fast undurchdringliches Dickicht verwandelten. Das Haus selbst war kaum noch zu erkennen, seine Grundmauern von Pflanzen überwuchert und von der Zeit gezeichnet.

„Hier müssen die Kräuter wachsen“, sagte Jessica, während sie sich vorsichtig durch das Gestrüpp schlug. „Professor Whitaker hat gesagt, dass wir nach dunklen, violetten Blumen suchen sollen.“

Tom nickte und begann, das Gelände abzusuchen. Nach einer Weile fanden sie tatsächlich die beschriebenen Pflanzen, die in einem schattigen Bereich zwischen den Trümmern des alten Hauses wuchsen. „Das müssen sie sein“, sagte Tom und begann, die Kräuter sorgfältig zu pflücken. „Wir haben sie. Lass uns zur nächsten Station gehen.“

Die alte Kirche der Stadt war das nächste Ziel. Sie war seit Jahren nicht mehr in Gebrauch, und die schweren Eichentüren knarrten laut, als sie sie öffneten. Das Innere war kühl und dunkel, und Staub wirbelte in der Luft. Jessica und Tom gingen den Mittelgang entlang, die alten Holzbänke rechts und links von ihnen.

„Professor Whitaker sagte, dass das Amulett irgendwo hier versteckt sein könnte“, sagte Jessica leise. „Vielleicht bei den alten Grabsteinen hinter der Kirche.“

Sie traten durch eine Seitentür hinaus auf den alten Friedhof. Die Grabsteine waren von Moos bedeckt und die Inschriften kaum noch lesbar. Jessica kniete sich vor einem der ältesten Grabsteine nieder und untersuchte ihn genauer. „Hier ist etwas“, rief sie aufgeregt. „Ein kleines Fach im Sockel des Grabsteins.“

Tom half ihr, den Stein vorsichtig zu öffnen. Darin fanden sie ein altes Amulett, das genau so aussah, wie es in den Schriften beschrieben war. Es war aus dunklem Metall gefertigt und mit seltsamen Symbolen verziert. „Das ist es“, sagte Tom. „Wir haben das Amulett gefunden.“

Mit dem Amulett und den Kräutern in ihrem Besitz kehrten sie zu Professor Whitaker zurück, der ihnen die spezielle Kerze überreichte. „Das ist eine besondere Kerze“, erklärte er. „Sie wurde mit den Symbolen der alten Rituale der Ransoms verziert. Ihr müsst die Kerze entzünden und die Kräuter verbrennen, während ihr das Amulett in den Spiegel haltet und die alten Worte des Rituals sprecht.“

Jessica und Tom dankten dem Professor und machten sich auf den Weg zurück zu Jessicas Haus. Die Sonne ging bereits unter, und sie wussten, dass die Nacht die beste Zeit war, um das Ritual durchzuführen. Der Schatten im Spiegel war in der Dunkelheit am stärksten, und sie mussten schnell handeln.

Im Haus angekommen, bereiteten sie alles für das Ritual vor. Sie stellten die Kerze auf einen kleinen Tisch vor dem Spiegel und legten die Kräuter daneben. Das Amulett hing an einem Lederband um Jessicas Hals, und sie hielt die handgeschriebene Seite mit den Anweisungen fest in der Hand.

„Bist du bereit?“ fragte Tom und blickte Jessica an.

Sie nickte entschlossen. „Ja, wir müssen das tun. Wir können nicht zulassen, dass der Fluch uns weiter verfolgt.“

Tom zündete die Kerze an, und der Raum wurde von einem warmen, flackernden Licht erfüllt. Jessica legte die Kräuter in eine kleine Schale und entzündete sie mit der Flamme der Kerze. Ein intensiver, krautiger Duft erfüllte den Raum, und Rauch stieg auf.

Jessica hielt das Amulett fest und begann, die alten Worte des Rituals zu rezitieren. Ihre Stimme war ruhig und klar, und die Symbole auf der Kerze schienen im Licht zu tanzen. Plötzlich begann der Spiegel zu vibrieren, und ein kalter Wind wehte durch das Zimmer. Der Rauch der Kräuter wirbelte umher und bildete seltsame Muster in der Luft.

Der Schatten im Spiegel erschien, dunkler und bedrohlicher als je zuvor. Seine Augen funkelten vor Zorn, und er schrie mit einer Stimme, die das Blut in den Adern gefrieren ließ. „Ihr wagt es, mich zu vertreiben? Ihr werdet dafür bezahlen!“

Jessica und Tom hielten standhaft. „Wir brechen den Fluch und befreien dieses Haus von deinem bösen Einfluss“, rief Jessica. Sie hob das Amulett und hielt es direkt in den Spiegel. Der Schatten zuckte zurück, als ob er verbrannt würde, und die Symbole auf dem Amulett begannen zu leuchten.

Mit einem letzten, kraftvollen Ausruf beendete Jessica das Ritual. Ein grelles Licht erfüllte den Raum, und der Schatten im Spiegel schrie vor Schmerz und Verzweiflung, bevor er sich in einem letzten, verzweifelten Aufschrei auflöste. Der Spiegel zerbrach in tausend Stücke, und eine tiefe Stille kehrte ein.

Jessica und Tom sanken erschöpft zu Boden, doch sie wussten, dass sie es geschafft hatten. Der Fluch war gebrochen, und der Schatten war verschwunden. Die Kerze brannte noch ruhig auf dem Tisch, und der Duft der Kräuter hing schwer in der Luft.

„Wir haben es geschafft", flüsterte Jessica erleichtert. „Der Fluch ist gebrochen."

Tom nickte und umarmte sie. „Ja, wir haben es geschafft. Das Haus ist endlich frei."

Jessica und Tom saßen erschöpft auf dem Boden, die Stille im Raum war fast überwältigend nach dem Lärm und den Schreien des Schattens im Spiegel. Die zerbrochenen Spiegelstücke lagen verstreut um sie herum, jedes einzelne ein kleines Fragment der Dunkelheit, die sie besiegt hatten. Der Geruch der verbrannten Kräuter und das schwache Licht der noch immer brennenden Kerze erfüllten den Raum.

„Wir haben es geschafft“, sagte Jessica leise, ihre Stimme war von Erschöpfung und Erleichterung geprägt. „Der Fluch ist gebrochen, und der Schatten ist verschwunden.“

Tom nickte und umarmte sie fest. „Ja, wir haben es geschafft. Das Haus ist endlich frei.“ Sie blieben einen Moment in der Umarmung, beide spürten die Erleichterung und die tiefe Zufriedenheit, die aus ihrer gemeinsamen Anstrengung erwuchs.

Nachdem sie sich beruhigt hatten, begannen sie, die Überreste des Spiegels aufzusammeln. „Wir sollten diese Stücke aufbewahren“, sagte Tom. „Vielleicht können wir sie später untersuchen und herausfinden, ob noch etwas von der dunklen Energie darin steckt.“

Jessica stimmte zu, und sie sammelten die Scherben vorsichtig in einer Kiste. Danach setzten sie sich auf das Sofa und reflektierten über die Ereignisse der letzten Tage. „Es ist erstaunlich, wie viel Dunkelheit und Geheimnis in einem so schönen Haus verborgen sein kann“, sagte Jessica nachdenklich. „Ich frage mich, was mit den früheren Besitzern passiert ist.“

Tom runzelte die Stirn. „Vielleicht finden wir mehr heraus, wenn wir die Schriften und Dokumente weiter durchsehen, die wir von Professor Whitaker bekommen haben. Es muss noch mehr Informationen geben, die uns helfen können, das vollständige Bild zu verstehen."

Sie beschlossen, am nächsten Tag weiter zu recherchieren. Doch für den Moment brauchten sie Ruhe. Die vergangenen Ereignisse hatten sie ausgelaugt, und sie mussten ihre Kräfte sammeln, um die nächsten Schritte anzugehen. Sie verabschiedeten sich und Jessica verbrachte die Nacht in einem endlich ruhigen Haus.

Am nächsten Morgen machten sich Jessica und Tom erneut auf den Weg zu Professor Whitaker. Sie wollten ihm von ihrem Erfolg berichten und ihn um Hilfe bitten, um mehr über die früheren Besitzer des Hauses und die Geschichte des Spiegels herauszufinden. Der Professor begrüßte sie herzlich und war beeindruckt von ihrem Mut und ihrer Entschlossenheit.

„Ihr habt Großes geleistet", sagte Professor Whitaker, als sie ihm von dem Ritual und der Zerstörung des Spiegels erzählten. „Der Fluch ist gebrochen, aber es gibt noch viel zu entdecken. Lasst uns gemeinsam die Dokumente durchsehen und herausfinden, was mit den früheren Bewohnern des Hauses geschehen ist."

Gemeinsam setzten sie sich an den großen Tisch im Wohnzimmer des Professors und begannen, die alten Schriften und Aufzeichnungen durchzugehen. Sie fanden Hinweise darauf, dass die Familie Ransom nicht die einzigen gewesen waren, die dunkle Rituale durchgeführt hatten. Es gab eine lange Geschichte von okkulten Praktiken und geheimen Kulten, die mit dem Spiegel und dem alten Haus verbunden waren.

„Es scheint, dass der Spiegel über Generationen hinweg weitergegeben wurde“, sagte Jessica, als sie eine besonders alte Schriftrolle las. „Jede Familie, die ihn besaß, geriet in Unglück und verschwand schließlich spurlos. Der Spiegel war mehr als nur ein Artefakt – er war ein Katalysator für dunkle Mächte.“

Tom fand eine Notiz, die auf eine alte Prophezeiung hinwies. „Hier steht, dass der Spiegel nur durch das Opfer reiner Herzen zerstört werden kann. Es erklärt, warum unsere Bemühungen erfolgreich waren – wir haben uns gegen die Dunkelheit gestellt und das Böse mit Entschlossenheit und Mut bekämpft.“

Professor Whitaker nickte. „Ihr habt nicht nur den Fluch gebrochen, sondern auch den Kreislauf der Dunkelheit beendet, der dieses Haus und den Spiegel über Jahrhunderte hinweg umgeben hat. Eure Taten werden in die Geschichte dieser Stadt eingehen.“

Jessica und Tom fühlten eine tiefe Zufriedenheit und wussten, dass ihre gemeinsamen Anstrengungen nicht umsonst gewesen waren. Sie hatten nicht nur das Haus befreit, sondern auch die Wahrheit über die dunkle Geschichte des Spiegels ans Licht gebracht. Sie beschlossen, das Wissen und die Erfahrungen, die sie gesammelt hatten, zu nutzen, um anderen zu helfen, die mit ähnlichen Phänomenen zu kämpfen hatten.

Einige Wochen waren vergangen, seit Jessica und Tom den Fluch gebrochen und den Schatten im Spiegel besiegt hatten. Das Leben in der kleinen Stadt hatte sich normalisiert, und das alte Haus war nun ein Ort der Ruhe und des Friedens. Jessica hatte begonnen, das Haus zu renovieren und es zu ihrem Zuhause zu machen. Die schrecklichen Ereignisse der Vergangenheit waren nur noch eine ferne Erinnerung.

Tom und Jessica hatten ihre Erfahrungen in einem Buch festgehalten, das sie gemeinsam schrieben. Sie wollten sicherstellen, dass die Geschichte des Spiegels und die Lektionen, die sie gelernt hatten, für zukünftige Generationen bewahrt blieben. Das Buch wurde in der örtlichen Bibliothek ausgestellt und zog viele neugierige Leser an.

Eines Abends saßen Jessica und Tom in ihrem Wohnzimmer und blickten auf den Kamin, in dem ein gemütliches Feuer prasselte. „Wir haben viel durchgemacht“, sagte Jessica leise. „Aber ich bin froh, dass wir es gemeinsam geschafft haben.“

Tom lächelte und legte seinen Arm um sie. „Ja, wir haben uns gegen die Dunkelheit gestellt und gewonnen. Und wir haben dabei eine starke Freundschaft aufgebaut."

Jessica nickte und blickte aus dem Fenster in die klare Nacht. „Die Welt ist voller Geheimnisse und Wunder. Und ich glaube, dass wir bereit sind, uns jeder neuen Herausforderung zu stellen, die das Leben uns bringt."

Mit diesen Gedanken im Herzen wussten sie, dass sie gemeinsam alles erreichen konnten. Sie waren bereit, die Zukunft mit Mut und Entschlossenheit anzugehen, wissend, dass sie die Dunkelheit besiegt und das Licht zurückgebracht hatten.

Das Buch über ihre Abenteuer und die Geschichte des Spiegels wurde ein wertvolles Erbe für die Stadt. Die Menschen lernten daraus, dass Mut, Freundschaft und Entschlossenheit die stärksten Waffen gegen das Böse waren. Und so begann ein neues Kapitel in der Geschichte der kleinen Stadt, voller Hoffnung, Wissen und der Gewissheit, dass die Dunkelheit niemals ganz siegen konnte.

Jessica und Tom blickten in die Zukunft und wussten, dass sie bereit waren, jede Herausforderung anzunehmen. Gemeinsam hatten sie das Unmögliche geschafft und bewiesen, dass das Licht immer über die Dunkelheit triumphieren würde.

Das Geheimnis des alten Waisenhauses

Das alte Waisenhaus St. Mary's stand am Rande einer kleinen Stadt im ländlichen Amerika. Es war ein großes, viktorianisches Gebäude mit hohen Fenstern und einem verwilderten Garten. Die Kinder, die dort lebten, hatten oft das Gefühl, dass das Haus eine eigene, düstere Persönlichkeit hatte. Es war das Jahr 1953, und die Nachkriegszeit hatte viele Kinder zu Waisen gemacht, die nun in den langen, düsteren Fluren des Waisenhauses umherstreiften.

Tommy, ein elfjähriger Junge mit wildem braunem Haar und funkelnden Augen, war einer der neugierigsten Bewohner des Waisenhauses. Er hatte schon immer eine Vorliebe für Abenteuer und Geheimnisse. Eines Nachts, als der Wind um die Ecken des alten Hauses heulte, hörte er ein leises Flüstern, das durch die Wände zu kommen schien. Es klang wie ein verzweifeltes Rufen, und Tommy wusste, dass er diesem Geräusch nachgehen musste.

Am nächsten Morgen erzählte Tommy seinen Freunden Lucy, Billy und Sally von dem seltsamen Flüstern. Lucy, ein kluges Mädchen mit einer Vorliebe für Bücher und Rätsel, war sofort interessiert. „Das klingt, als ob jemand unsere Hilfe braucht“, sagte sie und strich eine blonde

Strähne aus ihrem Gesicht. „Wir sollten herausfinden, was da los ist."

Billy, der immer zu Streichen aufgelegt war, aber ein großes Herz hatte, grinste breit. „Vielleicht ist es ein Schatz! Oder ein geheimes Versteck!"

Sally, die schüchternste der Gruppe, zögerte. „Was, wenn es gefährlich ist? Die Erwachsenen glauben uns sowieso nicht."

Tommy nickte ernst. „Ich weiß, aber wir können es nicht einfach ignorieren. Wenn wirklich jemand unsere Hilfe braucht, müssen wir etwas tun."

Die vier Freunde beschlossen, sich am nächsten Abend heimlich zu treffen und die Quelle des Flüsterns zu suchen. Sie schlichen sich nach dem Abendessen aus ihren Betten und trafen sich in der alten Bibliothek des Waisenhauses, einem Raum, der selten benutzt wurde. Die Wände waren mit staubigen Büchern gesäumt, und das einzige Licht kam von einer flackernden Kerze, die Tommy mitgebracht hatte.

„Okay, wir müssen leise sein", flüsterte Tommy, als sie die Bibliothek verließen und sich durch die dunklen Flure bewegten. Das Flüstern war wieder zu hören, leise und geisterhaft, und führte sie in den Keller des Hauses, der normalerweise verschlossen war.

Billy hatte es geschafft, einen Schlüssel zu besorgen, den er heimlich vom Schreibtisch der Hausmutter genommen hatte. Mit klopfendem Herzen öffnete er die schwere Tür, und sie schlichen die knarrende Treppe hinunter. Der Keller war kalt und feucht, und der Lichtschein der Kerze warf unheimliche Schatten an die Wände.

Plötzlich hörten sie ein leises Schluchzen, das aus einem der hinteren Räume zu kommen schien. „Da drüben", flüsterte Lucy und deutete in die Dunkelheit. Sie folgten dem Geräusch und fanden eine versteckte Tür, die nur leicht angelehnt war. Tommy schob sie vorsichtig auf, und sie traten in einen kleinen, kargen Raum.

In der Ecke des Raumes saß ein Mädchen, das nicht älter als acht Jahre alt sein konnte. Sie sah blass und verängstigt aus, und ihre Augen waren rot vom Weinen. „Wer bist du?" fragte Tommy sanft und kniete sich vor sie.

„Ich bin Emily", flüsterte das Mädchen. „Ich bin schon so lange hier unten. Niemand hat mich gehört."

Die Kinder tauschten einen entsetzten Blick. „Wir müssen dir helfen, hier rauszukommen", sagte Lucy entschlossen. „Aber warum bist du hier?"

Emily zögerte, bevor sie antwortete. „Der alte Direktor hat mich hier eingesperrt. Er sagte, ich solle niemandem von den Dingen erzählen, die er tut."

Tommy spürte, wie ihm das Blut in den Adern gefror. „Was tut er?"

Emily blickte zu Boden. „Er tut schlimme Dinge. Er hat die anderen Kinder verschwinden lassen. Und ich sollte die nächste sein."

Die vier Freunde wussten, dass sie handeln mussten. Sie halfen Emily auf die Beine und brachten sie zurück in den Wohnbereich des Waisenhauses. Sie beschlossen, das Geheimnis des alten Waisenhauses zu lüften und herauszufinden, was der alte Direktor getan hatte. Obwohl ihnen die Erwachsenen nicht glauben würden, wussten sie, dass sie auf sich allein gestellt waren.

„Wir müssen stark bleiben", sagte Tommy fest. „Wir werden herausfinden, was hier wirklich vor sich geht, und das Waisenhaus von diesem Schrecken befreien."

In den Tagen nach ihrer Begegnung mit Emily konnten Tommy, Lucy, Billy und Sally kaum an etwas anderes denken. Die Geschichte des kleinen Mädchens hatte ihnen Angst gemacht, aber auch ihren Entschluss gestärkt, die Wahrheit herauszufinden. Die Erwachsenen im Waisenhaus schienen nichts von den seltsamen Ereignissen zu bemerken oder wollten nichts davon wissen. Es lag nun an den Kindern, die Geheimnisse zu lüften.

Eines Nachmittags, als die anderen Kinder draußen spielten, schlichen sich Tommy, Lucy, Billy und Sally in die Bibliothek zurück. Sie hatten beschlossen, nach alten Unterlagen und Tagebüchern zu suchen, die ihnen mehr über die Vergangenheit des Waisenhauses erzählen könnten. Die Bibliothek war ein verstaubter Raum, der selten benutzt wurde, und die Regale waren voll mit alten Büchern und Akten.

„Wir müssen etwas finden, das uns hilft zu verstehen, was hier passiert ist“, flüsterte Tommy, während er einen Stapel alter Bücher durchblätterte.

Lucy stimmte zu und zog ein besonders dickes Buch aus einem Regal. „Vielleicht gibt es hier alte Tagebücher oder Berichte über den Direktor.“

Während sie die Bücher durchsuchten, stießen sie auf ein altes, verstaubtes Tagebuch. Der Einband war abgenutzt und die Seiten vergilbt, aber es schien wichtige Informationen zu enthalten. Lucy öffnete das Tagebuch vorsichtig und begann zu lesen.

„Es gehört einem Mädchen namens Mary“, sagte sie leise. „Sie war hier im Waisenhaus, bevor es die jetzige Leitung gab. Hört euch das an: ‚Der

Direktor ist ein grausamer Mann. Er sperrt uns in den Keller, wenn wir nicht gehorchen, und tut uns schreckliche Dinge an.'"

Tommy spürte, wie ihm eine Gänsehaut über den Rücken lief. „Das klingt schrecklich. Wir müssen herausfinden, wer dieser Direktor war und was genau er getan hat."

Sie lasen weiter im Tagebuch und entdeckten, dass Mary detaillierte Berichte über die schrecklichen Experimente des Direktors geschrieben hatte. Er hatte angeblich versucht, die Kinder zu kontrollieren und sie für dunkle Rituale zu benutzen. Die letzten Einträge des Tagebuchs waren besonders beunruhigend. Mary beschrieb, wie Kinder plötzlich verschwanden und nie wieder gesehen wurden.

„Das ist genau das, was Emily uns erzählt hat", sagte Sally mit zitternder Stimme. „Der Direktor hat die Kinder verschwinden lassen."

Billy fand in einem anderen Regal alte Zeitungsartikel, die von mysteriösen Vorfällen im Waisenhaus berichteten. „Hier steht, dass vor vielen Jahren mehrere Kinder spurlos verschwanden und nie wieder gefunden wurden. Die Polizei hat den Fall nie gelöst."

Die Kinder tauschten besorgte Blicke. „Das erklärt, warum uns niemand glaubt", sagte

Tommy. „Die Erwachsenen wissen entweder nichts darüber oder wollen nicht darüber sprechen."

In den folgenden Tagen begannen die seltsamen Ereignisse im Waisenhaus zuzunehmen. Türen schlugen von selbst zu, kalte Luftzüge wehten durch die Gänge, und immer wieder hörten die Kinder das leise Flüstern, das sie in den Keller gelockt hatte. Sie wussten, dass die Geister der verschwundenen Kinder noch immer im Waisenhaus umhergingen und dass sie ihnen helfen mussten.

Eines Nachts, als alle anderen schliefen, trafen sich Tommy, Lucy, Billy und Sally erneut in der Bibliothek. Sie hatten beschlossen, weiter in den Keller vorzudringen und nach weiteren Hinweisen zu suchen. Mit Taschenlampen bewaffnet, schlichen sie sich leise die knarrenden Treppen hinunter. Der Keller war noch dunkler und unheimlicher als beim letzten Mal, und das Flüstern war wieder zu hören, diesmal lauter und eindringlicher.

„Wir müssen herausfinden, woher das Flüstern kommt", sagte Tommy entschlossen und leuchtete mit seiner Taschenlampe in die Dunkelheit. „Vielleicht gibt es noch mehr Räume oder geheime Verstecke."

Sie gingen tiefer in den Keller und fanden eine verborgene Tür, die hinter einem Stapel alter Kisten verborgen war. Billy half, die Kisten beiseite zu räumen, und Tommy öffnete die Tür vorsichtig. Dahinter befand sich ein langer, schmaler Gang, der weiter in die Dunkelheit führte.

„Das muss der Ort sein, an dem der Direktor seine schrecklichen Taten begangen hat“, sagte Lucy leise. „Wir müssen mutig sein und herausfinden, was hier passiert ist.“

Mit klopfendem Herzen gingen sie den schmalen Gang entlang. Die Wände waren feucht und kalt, und das Flüstern wurde lauter, je weiter sie gingen. Schließlich erreichten sie einen großen Raum, der wie ein Labor aussah. Überall lagen alte, verstaubte Instrumente und Flaschen mit unbekannten Flüssigkeiten.

„Das ist es“, flüsterte Tommy. „Hier hat der Direktor seine Experimente durchgeführt.“

Sie durchsuchten den Raum und fanden alte Aufzeichnungen, die die schrecklichen Taten des Direktors bestätigten. Er hatte die Kinder benutzt, um dunkle Rituale durchzuführen und versuchte, ihre Seelen zu kontrollieren. Die Geister der Kinder waren gefangen und konnten nicht in Frieden ruhen.

„Wir müssen etwas tun, um ihnen zu helfen", sagte Sally entschlossen. „Wir können sie nicht einfach so lassen."

Die vier Freunde wussten, dass sie einen Plan entwickeln mussten, um die Geister zu befreien und das Waisenhaus von dem Fluch zu erlösen. Sie beschlossen, ihre Nachforschungen fortzusetzen und herauszufinden, wie sie den Geistern helfen konnten. Obwohl ihnen die Erwachsenen nicht glaubten, wussten sie, dass sie stark bleiben und gemeinsam kämpfen mussten.

In den folgenden Tagen wurden Tommy, Lucy, Billy und Sally immer mutiger und entschlossener. Die Entdeckung des versteckten Labors und der schrecklichen Experimente des Direktors hatte sie tief erschüttert, aber auch ihre Entschlossenheit gestärkt, die Wahrheit ans Licht zu bringen und den Geistern der verschwundenen Kinder zu helfen. Die Erwachsenen im Waisenhaus schienen weiterhin nichts von den seltsamen Ereignissen zu bemerken, und so mussten die vier Freunde weiterhin auf eigene Faust handeln.

Eines Nachmittags trafen sie sich wieder in der Bibliothek, um die alten Aufzeichnungen und Dokumente des Direktors genauer zu studieren. Lucy blätterte vorsichtig durch die vergilbten Seiten eines alten Tagebuchs und fand einen Eintrag, der besonders beunruhigend war.

„Hört euch das an“, sagte sie mit zittriger Stimme. „Der Direktor schreibt hier, dass er einen alten Fluch benutzt hat, um die Seelen der Kinder zu binden. Er wollte ihre Lebenskraft nutzen, um sich selbst unsterblich zu machen.“

Tommy ballte die Fäuste. „Das ist abscheulich. Wir müssen diesen Fluch brechen und die Geister befreien.“

Billy, der in der Ecke des Raumes saß und weitere Aufzeichnungen durchsuchte, rief plötzlich: „Ich habe etwas gefunden! Hier steht, dass der Fluch nur durch ein bestimmtes Ritual gebrochen werden kann. Wir brauchen bestimmte Zutaten und müssen es genau zur Geisterstunde durchführen.“

Sally, die neben Billy saß, las die Anweisungen über seine Schulter. „Wir brauchen weiße Kerzen, Weihrauch, und ein Amulett, das im Keller versteckt ist. Das Ritual muss im Labor durchgeführt werden.“

Die vier Freunde beschlossen, sofort mit den Vorbereitungen zu beginnen. Sie schlichen sich in die Vorratskammer des Waisenhauses und stahlen einige weiße Kerzen. Den Weihrauch fanden sie in der alten Kapelle des Hauses, die schon lange nicht mehr benutzt wurde. Das Amulett war der letzte und schwierigste Teil der Beschaffungsliste. Es war tief im Keller versteckt, und sie wussten, dass sie dorthin zurückkehren mussten.

Am späten Abend, als die anderen Kinder bereits schliefen, schlichen sich Tommy, Lucy, Billy und Sally wieder in den Keller. Das Flüstern war lauter als je zuvor, und sie spürten die Präsenz der Geister um sich herum. Mit klopfenden Herzen machten sie sich auf die Suche nach dem Amulett.

„Wir müssen das Amulett finden, bevor die Geisterstunde beginnt“, sagte Tommy entschlossen. „Es muss irgendwo hier unten sein.“

Sie durchsuchten den Kellerraum gründlich und fanden schließlich eine verborgene Kammer hinter einer alten, verfallenen Mauer. In der Mitte der Kammer lag das Amulett, das genau so aussah, wie es in den Aufzeichnungen beschrieben war. Es war aus schwarzem Metall gefertigt und mit seltsamen Symbolen verziert.

„Das ist es“, flüsterte Sally und hob das Amulett vorsichtig auf. „Jetzt haben wir alles, was wir brauchen.“

Mit den gesammelten Gegenständen kehrten sie in das Labor zurück und bereiteten das Ritual vor. Sie stellten die weißen Kerzen im Kreis auf, entzündeten den Weihrauch und legten das Amulett in die Mitte des Kreises. Das Flüstern der Geister wurde immer lauter und eindringlicher, und die Kinder wussten, dass die Zeit gekommen war, das Ritual zu beginnen.

Lucy, die die Aufzeichnungen des Direktors am besten verstanden hatte, begann, die alten Worte des Rituals zu rezitieren. Ihre Stimme hallte in dem kalten, feuchten Raum wider, und die Kerzenflammen flackerten bedrohlich. Plötzlich begann das Amulett zu glühen, und ein kalter Wind wehte durch den Raum.

Die Geister der verschwundenen Kinder erschienen vor ihnen, ihre Gesichter voller Schmerz und Verzweiflung. Sie waren gefangen in einem ewigen Zustand des Leidens, und die Kinder wussten, dass sie sie befreien mussten.

„Wir sind hier, um euch zu helfen", rief Tommy. „Wir werden den Fluch brechen und euch befreien."

Mit vereinten Kräften rezitierten die vier Freunde die Worte des Rituals. Das Amulett leuchtete immer heller, und die Geister begannen, sich zu verändern. Ihr Schmerz schien nachzulassen, und sie sahen die Kinder mit dankbaren Augen an.

Doch plötzlich erschien der Geist des grausamen Direktors im Raum. Er schrie vor Zorn und versuchte, das Ritual zu stoppen. „Ihr Narren! Ihr könnt mich nicht besiegen!"

Tommy, Lucy, Billy und Sally hielten standhaft und setzten das Ritual fort. „Wir werden dich nicht gewinnen lassen", rief Lucy. „Die Geister müssen frei sein!"

Mit einem letzten, kraftvollen Ausruf beendeten sie das Ritual. Ein grelles Licht erfüllte den Raum, und der Geist des Direktors schrie vor Schmerz und verschwand. Die Geister der Kinder lösten sich in einem friedlichen Licht auf, und eine tiefe Stille kehrte ein.

Die vier Freunde sanken erschöpft zu Boden, doch sie wussten, dass sie es geschafft hatten. Der Fluch war gebrochen, und die Geister waren befreit. Das Waisenhaus war endlich frei von der Dunkelheit, die es so lange beherrscht hatte.

„Wir haben es geschafft", flüsterte Tommy und umarmte seine Freunde. „Die Geister sind frei."

Lucy lächelte und wischte sich eine Träne aus dem Augenwinkel. „Ja, wir haben es geschafft. Das Waisenhaus ist endlich ein sicherer Ort."

Der Keller des Waisenhauses war erfüllt von einer tiefen Stille, die nur durch das leise Knistern der Kerzen unterbrochen wurde. Tommy, Lucy, Billy und Sally blieben noch eine Weile auf dem kalten Steinboden sitzen, ihre Herzen pochten heftig in ihren Brustkörben. Sie hatten das Unmögliche geschafft: den Fluch gebrochen und die Geister befreit. Langsam erhoben sie sich, die

Erleichterung und der Triumph spiegelten sich in ihren Gesichtern wider.

„Wir müssen sicherstellen, dass die Erwachsenen endlich die Wahrheit erfahren“, sagte Tommy entschlossen, während er die Überreste des Rituals aufräumte. „Das Waisenhaus muss sich ändern.“

Lucy nickte zustimmend. „Wir haben Beweise. Die Aufzeichnungen des Direktors, die alten Zeitungsartikel und das Tagebuch von Mary. Das muss genug sein, um sie zu überzeugen.“

Sie packten die Dokumente zusammen und machten sich auf den Weg nach oben. Als sie aus dem Keller traten, schien die Dunkelheit, die das Waisenhaus so lange umhüllt hatte, verschwunden zu sein. Die Flure wirkten heller und weniger bedrückend. Die Kinder spürten, dass das Haus endlich frei von dem bösen Einfluss des Direktors war.

Am nächsten Morgen gingen sie direkt zum Büro der Hausmutter, Mrs. Thompson, einer strengen, aber gerechten Frau, die das Waisenhaus seit vielen Jahren leitete. Tommy klopfte an die Tür, und als sie eintrat, sah Mrs. Thompson sie überrascht an.

„Was macht ihr hier? Ihr solltet doch in der Schule sein“, sagte sie streng.

„Mrs. Thompson, wir müssen Ihnen etwas sehr Wichtiges zeigen“, begann Tommy und legte die Dokumente auf ihren Schreibtisch. „Es geht um die schrecklichen Dinge, die hier im Waisenhaus passiert sind.“

Mrs. Thompson runzelte die Stirn, nahm die Dokumente und begann zu lesen. Ihr Gesichtsausdruck veränderte sich von Skepsis zu Schock, als sie die Berichte und Tagebucheinträge durchging. „Das kann nicht wahr sein...“, murmelte sie. „Wie konntet ihr das alles herausfinden?“

Lucy erklärte ruhig, wie sie die alten Dokumente im Keller gefunden und die Hinweise zusammengetragen hatten. „Wir haben auch das Tagebuch von Mary gefunden und die Geister der verschwundenen Kinder befreit. Der Direktor war ein schrecklicher Mann, und sein Geist hat das Waisenhaus noch immer heimgesucht.“

Mrs. Thompson sank in ihren Stuhl und starrte die Kinder fassungslos an. „Ich wusste, dass es hier seltsame Dinge gab, aber ich hätte nie gedacht, dass es so schlimm ist. Ihr habt etwas unglaublich Mutiges getan.“

Tommy trat vor und sah sie ernst an. „Wir müssen sicherstellen, dass so etwas nie wieder passiert. Das Waisenhaus muss ein sicherer Ort für alle Kinder sein.“

Mrs. Thompson nickte und stand auf. „Ihr habt recht. Ich werde dafür sorgen, dass alles untersucht wird und dass die Verantwortlichen zur Rechenschaft gezogen werden. Ihr habt das Waisenhaus gerettet."

In den folgenden Wochen wurden umfangreiche Untersuchungen durchgeführt. Die Polizei durchsuchte den Keller und das versteckte Labor, und die Berichte der Kinder wurden bestätigt. Die Geschichte des grausamen Direktors und seiner schrecklichen Taten wurde öffentlich gemacht, und die Stadt war schockiert über die Enthüllungen.

Das Waisenhaus begann, sich zu verändern. Neue, freundliche Betreuer wurden eingestellt, und das Haus wurde renoviert, um eine einladendere und sicherere Umgebung für die Kinder zu schaffen. Tommy, Lucy, Billy und Sally wurden als Helden gefeiert, und ihre Geschichte verbreitete sich schnell in der Stadt und darüber hinaus.

Eines Abends, als die Sonne hinter den Hügeln verschwand und der Himmel in warmen Orangetönen leuchtete, saßen die vier Freunde auf der Veranda des Waisenhauses und blickten über den nun gepflegten Garten. Die Veränderungen waren überall sichtbar, und das Haus strahlte eine neue, positive Energie aus.

„Wir haben wirklich etwas Großes geschafft“, sagte Tommy stolz. „Wir haben das Waisenhaus von einem schrecklichen Fluch befreit.“

Lucy lächelte und nickte. „Ja, und wir haben gezeigt, dass man auch als Kind viel bewirken kann, wenn man zusammenhält und mutig ist.“

Billy, der immer zu Scherzen aufgelegt war, grinste breit. „Vielleicht sollten wir eine Detektivagentur gründen. Wer weiß, welche Geheimnisse wir als nächstes lüften könnten!“

Sally, die schüchterne, aber entschlossene Sally, fügte hinzu: „Egal was kommt, wir wissen, dass wir alles schaffen können, wenn wir zusammenhalten.“

Die vier Freunde fühlten eine tiefe Zufriedenheit und wussten, dass sie nicht nur das Waisenhaus verändert, sondern auch sich selbst weiterentwickelt hatten. Ihre Freundschaft war stärker geworden, und sie hatten gelernt, dass Mut und Zusammenhalt die stärksten Waffen gegen das Böse waren.

Einige Jahre waren seit den schrecklichen Ereignissen im Waisenhaus vergangen. Tommy, Lucy, Billy und Sally waren inzwischen zu Teenagern herangewachsen und hatten das Waisenhaus verlassen, um ihre eigenen Wege zu gehen. Doch ihre Freundschaft und die gemeinsamen Erlebnisse hatten sie für immer verbunden.

Eines Tages, als sie sich zu einem Wiedersehen in der Stadt verabredet hatten, beschlossen sie, das Waisenhaus zu besuchen. Sie wollten sehen, wie sich das Haus entwickelt hatte und ob die Veränderungen, die sie angestoßen hatten, Bestand hatten.

Als sie vor dem alten Gebäude standen, das nun frisch gestrichen und renoviert war, fühlten sie eine Welle der Nostalgie. Sie betraten das Waisenhaus und wurden von lachenden Kindern und freundlichen Betreuern begrüßt. Das Haus war voller Leben und Freude, und die dunklen Tage schienen endgültig der Vergangenheit anzugehören.

Mrs. Thompson, die inzwischen in den Ruhestand gegangen war, aber immer noch gelegentlich das Waisenhaus besuchte, begrüßte sie herzlich. „Es ist schön, euch zu sehen“, sagte sie mit einem Lächeln. „Ihr habt wirklich etwas Wundervolles erreicht. Das Waisenhaus ist dank euch zu einem Ort der Hoffnung und des Neubeginns geworden.“

Die Freunde sprachen lange mit den Kindern und erzählten ihnen von ihren Abenteuern und dem Mut, den sie damals gezeigt hatten. Sie wollten sicherstellen, dass die Geschichte des

Waisenhauses und die Lektionen, die sie gelernt hatten, niemals vergessen wurden.

Tommy, der inzwischen ein erfolgreicher Journalist geworden war, hatte beschlossen, ein Buch über ihre Erlebnisse zu schreiben. „Die Welt sollte wissen, was hier passiert ist und wie wir es geschafft haben, das Böse zu besiegen“, sagte er. „Vielleicht inspiriert unsere Geschichte andere dazu, mutig zu sein und für das Richtige zu kämpfen.“

Lucy, die als Lehrerin arbeitete, fügte hinzu: „Es ist wichtig, dass die Kinder hier wissen, dass sie immer eine Stimme haben und dass sie niemals aufgeben sollten, egal wie schwer die Umstände sind.“

Billy, der eine kleine Werkstatt in der Stadt eröffnet hatte, grinste. „Und wer weiß, vielleicht gibt es da draußen noch mehr Geheimnisse, die darauf warten, von uns gelüftet zu werden.“

Sally, die als Krankenschwester arbeitete, nickte. „Wir haben gezeigt, dass man auch als Kind viel bewirken kann. Diese Lektion sollten wir niemals vergessen.“

Als die Sonne hinter den Hügeln verschwand und der Himmel in warmen Farben leuchtete, verließen die Freunde das Waisenhaus und gingen gemeinsam durch die Stadt. Sie wussten, dass ihre

Geschichte noch nicht zu Ende war und dass sie immer bereit sein würden, einander zu helfen und neuen Herausforderungen entgegenzutreten.

Das Waisenhaus St. Mary's hatte ein neues Kapitel begonnen, voller Hoffnung, Mut und Gemeinschaft. Die dunklen Tage waren vorbei, und die Geister der Vergangenheit konnten endlich in Frieden ruhen. Die Geschichte der mutigen Kinder, die das Geheimnis des alten Waisenhauses gelüftet hatten, würde für immer in den Herzen derer weiterleben, die dort Zuflucht fanden.

Und so begann ein neues Kapitel in der Geschichte des Waisenhauses, voller Hoffnung, Wissen und der Gewissheit, dass die Dunkelheit niemals ganz siegen konnte. Tommy, Lucy, Billy und Sally wussten, dass sie gemeinsam alles erreichen konnten und dass ihre Freundschaft und ihr Mut sie durch jede Herausforderung tragen würden, die das Leben ihnen stellte.

Die Flüsternden Schatten

Das Haus am Rande der kleinen Stadt war alt und abgelegen, doch es hatte einen besonderen Charme, der die Familie Johnson sofort ansprach. Mr. und Mrs. Johnson hatten das Haus gekauft, um ihrer kleinen Familie ein neues Zuhause zu geben. Sie wollten der Hektik der Stadt entfliehen und hofften, dass das ruhige Landleben ihnen Frieden und Glück bringen würde.

Timmy, ihr achtjähriger Sohn, war aufgeregt über den Umzug. Er liebte Abenteuer und die Vorstellung, in einem großen alten Haus zu leben, erfüllte ihn mit Freude. Schon am ersten Tag erkundete er neugierig das weitläufige Grundstück mit seinen verwunschenen Ecken und dem kleinen, verwilderten Garten hinter dem Haus.

Das Haus selbst war voller Geschichte. Die knarrenden Dielen und die hohen Decken verliehen ihm einen Hauch von Gehcimnis. Timmy konnte es kaum erwarten, sein neues Zimmer einzurichten und die vielen versteckten Winkel des Hauses zu entdecken. Seine Eltern waren damit beschäftigt, die Möbel zu arrangieren und die Kartons auszupacken.

„Timmy, bleib in der Nähe, während wir auspacken“, rief Mrs. Johnson, während sie eine schwere Kiste mit Geschirr trug. „Das Haus ist groß, und wir wollen nicht, dass du dich verirrst.“

„Ja, Mom!", antwortete Timmy fröhlich und machte sich auf den Weg, um die zweite Etage zu erkunden. Er öffnete jede Tür, untersuchte jeden Schrank und stellte sich vor, welche Abenteuer er in seinem neuen Zuhause erleben könnte. Doch schon bald bemerkte er etwas Seltsames. Im Flur der zweiten Etage war es kühler als im Rest des Hauses, und es schien, als ob die Schatten an den Wänden sich bewegten.

Timmy zuckte zusammen, als er ein leises Flüstern hörte. Es war kaum wahrnehmbar, aber es klang, als ob jemand seinen Namen rief. „Timmy... Timmy..." Er drehte sich um, doch der Flur war leer. Ein kalter Schauer lief ihm über den Rücken, aber er versuchte, das seltsame Gefühl abzuschütteln.

In den folgenden Tagen häuften sich die seltsamen Ereignisse. Türen schlugen von selbst zu, und kalte Luftzüge wehten durch das Haus. Immer wieder hörte Timmy das Flüstern, besonders nachts, wenn alles still war. Er erzählte seinen Eltern von den Vorkommnissen, doch sie schenkten ihm keinen Glauben.

„Es ist nur deine Fantasie, Timmy", sagte Mr. Johnson, während er eine Glühbirne im Flur austauschte. „Das Haus ist alt, und alte Häuser machen Geräusche."

Mrs. Johnson stimmte zu. „Du musst dich erst an das neue Zuhause gewöhnen. Es gibt keine Geister oder Schatten, die dir etwas Böses wollen."

Doch Timmy war sich sicher, dass etwas nicht stimmte. Er konnte die Flüsternden Schatten spüren, und er wusste, dass er der Sache auf den Grund gehen musste. Eines Nachmittags, als er draußen im Garten spielte, traf er auf Sally, ein Mädchen aus der Nachbarschaft. Sie war etwa in seinem Alter und schien genauso neugierig und abenteuerlustig zu sein wie er.

„Hallo, ich bin Timmy", stellte er sich vor. „Wir sind gerade erst hierhergezogen."

„Hi, ich bin Sally", antwortete das Mädchen mit einem freundlichen Lächeln. „Ich wohne gleich um die Ecke. Wie gefällt dir das neue Haus?"

Timmy zögerte einen Moment, bevor er antwortete. „Es ist großartig, aber... es passieren seltsame Dinge. Ich glaube, das Haus ist irgendwie... verflucht."

Sallys Augen weiteten sich vor Interesse. „Erzähl mir mehr. Was hast du gesehen?"

Timmy erzählte ihr von den Flüsternden Schatten und den seltsamen Geräuschen. Sally hörte aufmerksam zu und nickte. „Ich habe Geschichten über das Haus gehört. Die Leute sagen, dass dort vor vielen Jahren etwas Schreckliches passiert ist. Vielleicht sollten wir Nachforschungen anstellen."

„Das wäre großartig", sagte Timmy erleichtert. „Ich bin froh, dass du mir glaubst. Meine Eltern tun das nämlich nicht."

Sally lächelte. „Wir werden herausfinden, was los ist. Gemeinsam sind wir stark."

Die beiden Freunde beschlossen, das Geheimnis des alten Hauses zu lüften und herauszufinden, was die Flüsternden Schatten verbargen. Sie ahnten nicht, welche gefährlichen und unheimlichen Entdeckungen vor ihnen lagen.

In den Tagen nach ihrem ersten Treffen wurden Timmy und Sally unzertrennlich. Sie verbrachten jede freie Minute damit, das alte Haus und das Grundstück zu erkunden. Sally war genauso mutig und neugierig wie Timmy, und zusammen bildeten sie ein unerschrockenes Team. Die seltsamen Ereignisse im Haus häuften sich, und Timmy war froh, dass er jemanden hatte, der ihm glaubte und ihm half, das Rätsel zu lösen.

Eines Nachmittags, als die Sonne gerade hinter den Bäumen verschwand und lange Schatten auf das Haus warf, beschlossen Timmy und Sally, den Dachboden zu durchsuchen. Der Dachboden war ein dunkler, staubiger Ort, der seit Jahren nicht mehr betreten worden war. Die Holzdielen knarrten unter ihren Schritten, und das Licht ihrer Taschenlampen warf unheimliche Schatten an die Wände.

„Ich wette, hier oben gibt es jede Menge interessante Sachen“, flüsterte Sally, während sie eine alte Truhe öffnete und durch den Inhalt stöberte. „Vielleicht finden wir Hinweise auf die Geschichte des Hauses.“

Timmy nickte und leuchtete mit seiner Taschenlampe in eine Ecke, in der sich ein großer, verstaubter Spiegel befand. „Schau dir das an“, sagte er und trat näher. „Dieser Spiegel sieht wirklich alt aus.“

Sally trat neben ihn und betrachtete ihr Spiegelbild. „Es ist, als ob der Spiegel etwas verbergen würde“, murmelte sie nachdenklich. Plötzlich schien sich der Raum um sie herum zu verändern. Die Luft wurde kälter, und das Flüstern war wieder zu hören, diesmal deutlicher als je zuvor. „Timmy... Sally... helft uns...“

Die beiden Kinder zuckten zusammen und blickten sich um, aber der Dachboden war leer. „Hast du das gehört?“ fragte Timmy mit zitternder Stimme.

Sally nickte. „Ja, das war kein normales Flüstern. Es klingt, als ob jemand wirklich unsere Hilfe braucht.“

Plötzlich fiel ihr Blick auf eine alte, ledergebundene Kiste in einer Ecke des Dachbodens. Sie öffnete die Kiste vorsichtig und fand darin eine Sammlung von alten Dokumenten, Fotos und einem Tagebuch. „Schau dir das an“, sagte sie aufgeregt. „Das Tagebuch könnte uns mehr über die Geschichte des Hauses erzählen.“

Timmy nahm das Tagebuch und blätterte vorsichtig durch die vergilbten Seiten. „Es gehört einer Frau namens Mrs. Hargrove. Sie muss hier vor vielen Jahren gelebt haben. Hör dir das an: ‚Die Schatten kommen jede Nacht. Sie flüstern mir zu, dass ich ihnen helfen soll. Etwas Schreckliches ist hier passiert, und ich muss die Wahrheit herausfinden.‘“

Sally zog ein altes Foto aus der Kiste und betrachtete es. „Das muss Mrs. Hargrove sein. Sie sieht nett aus, aber irgendwie auch traurig. Vielleicht hat sie versucht, das gleiche Geheimnis zu lüften, das wir jetzt untersuchen.“

Die beiden Kinder verbrachten Stunden damit, das Tagebuch zu lesen und die alten Fotos und Dokumente zu durchforsten. Sie erfuhren, dass Mrs. Hargrove das Haus vor vielen Jahren gekauft hatte und dass sie von den gleichen Flüsternden Schatten heimgesucht wurde. Sie hatte herausgefunden, dass das Haus einst Schauplatz eines schrecklichen Verbrechens war. Eine Familie, die vor langer Zeit dort lebte, war auf mysteriöse Weise verschwunden, und die Geister der Opfer spukten seitdem im Haus.

„Wir müssen herausfinden, was mit dieser Familie passiert ist“, sagte Timmy entschlossen. „Vielleicht können wir die Geister befreien und den Fluch brechen.“

Sally nickte zustimmend. „Wir sollten versuchen, mehr über die Familie zu erfahren. Vielleicht gibt es noch alte Zeitungsartikel oder Berichte, die uns weiterhelfen können.“

In den nächsten Tagen verbrachten Timmy und Sally viel Zeit in der örtlichen Bibliothek. Sie durchsuchten alte Zeitungsarchive und fanden schließlich einen Bericht über die Familie, die einst in ihrem Haus lebte. Die Familie Henderson war 1923 spurlos verschwunden, und die Polizei hatte den Fall nie gelöst. Es gab Gerüchte über dunkle Rituale und einen Fluch, der auf dem Haus lastete.

„Das passt alles zusammen“, sagte Sally, während sie den Artikel las. „Die Flüsternden Schatten sind die Geister der Familie Henderson. Sie versuchen, uns vor etwas zu warnen.“

Timmy nickte und spürte, wie sich ein Kloß in seinem Hals bildete. „Aber wovor? Was ist so schrecklich, dass sie selbst nach all den Jahren noch keine Ruhe finden?“

Sie beschlossen, weiter nach Hinweisen zu suchen und die Geheimnisse des Hauses endgültig zu lüften. Sie wussten, dass sie sich auf etwas Gefährliches einließen, aber sie waren fest entschlossen, die Wahrheit ans Licht zu bringen und den Geistern zu helfen.

Eines Abends, als Timmy und Sally sich in der Bibliothek über die alten Aufzeichnungen beugten, hörten sie plötzlich das Flüstern wieder, diesmal lauter und eindringlicher. „Kommt... zu uns... findet die Wahrheit..."

„Wir müssen in den Keller gehen", sagte Timmy entschlossen. „Dort müssen die Antworten sein, die wir suchen."

Sally nickte, und gemeinsam machten sie sich auf den Weg zurück zu Timmys Haus. Der Keller war der einzige Ort, den sie bisher noch nicht gründlich untersucht hatten. Sie ahnten nicht, welche schrecklichen Enthüllungen dort auf sie warteten.

Mit klopfendem Herzen und ihren Taschenlampen bewaffnet machten sich Timmy und Sally auf den Weg in den Keller des alten Hauses. Die Stufen knarrten unter ihren Füßen, und die Luft wurde mit jedem Schritt kühler und feuchter. Der Keller war ein dunkler, unheimlicher Ort, der seit Jahren nicht betreten worden war. Spinnweben hingen von den Decken, und die Wände waren von Feuchtigkeit durchzogen.

„Wir müssen sehr vorsichtig sein“, flüsterte Sally, als sie den letzten Schritt hinuntergingen. „Wer weiß, was uns hier unten erwartet.“

Timmy nickte und leuchtete mit seiner Taschenlampe in die Dunkelheit. „Wir werden es herausfinden. Die Geister haben uns hierher geführt, also muss hier etwas Wichtiges sein.“

Sie gingen langsam durch den Keller, ihre Schritte hallten leise wider. Plötzlich entdeckte Timmy eine verborgene Tür in der hinteren Ecke des Raumes, die halb hinter alten Kisten und Gerümpel versteckt war. „Schau dir das an“, sagte er und trat näher. „Diese Tür muss irgendwohin führen.“

Sally half ihm, die Kisten beiseitezuräumen, und gemeinsam öffneten sie die schwere Holztür. Dahinter lag ein weiterer Raum, der noch dunkler und unheimlicher war als der Rest des Kellers. An den Wänden hingen alte, verblasste Fotos und Zeitungsartikel, die von der Familie Henderson und den mysteriösen Ereignissen berichteten.

„Das muss der Raum sein, in dem Mrs. Hargrove ihre Nachforschungen angestellt hat“, sagte Sally leise. „Vielleicht finden wir hier die Antworten, die wir suchen.“

Sie durchsuchten den Raum und fanden ein altes Tagebuch, das Mrs. Hargrove gehört hatte. Es war voller Notizen und Beobachtungen über die seltsamen Ereignisse im Haus. „Hör dir das an“, sagte Timmy und las vor: „„Ich habe herausgefunden, dass die Familie Henderson Opfer eines schrecklichen Verbrechens wurde. Der frühere Besitzer des Hauses, ein Mann namens Mr. Blackwood, war ein Anhänger dunkler Magie und führte grausame Rituale durch. Die Geister der Familie Henderson sind durch seinen Fluch gefangen.““

Sally schaute entsetzt. „Das erklärt, warum die Geister keine Ruhe finden. Mr. Blackwood hat einen Fluch auf sie gelegt, und sie sind gefangen, bis der Fluch gebrochen wird.“

Timmy blätterte weiter durch das Tagebuch und fand eine detaillierte Beschreibung des Rituals, das notwendig war, um den Fluch zu brechen. „Wir brauchen bestimmte Zutaten und müssen das Ritual genau um Mitternacht durchführen“, sagte er. „Es ist unsere einzige Chance, die Geister zu befreien und das Haus von diesem bösen Einfluss zu erlösen.“

Sie sammelten die notwendigen Gegenstände: weiße Kerzen, Weihrauch, und ein altes Amulett, das sie in einer der Kisten fanden. „Das ist das Amulett, das wir brauchen“, sagte Sally und hielt es hoch. „Es sieht genauso aus wie in der Beschreibung.“

Als sie die letzten Vorbereitungen trafen, hörten sie plötzlich das Flüstern wieder, diesmal klarer und dringlicher. „Helft uns... befreit uns... der Fluch muss gebrochen werden..."

„Wir müssen uns beeilen", sagte Timmy entschlossen. „Es ist fast Mitternacht."

Sie stellten die Kerzen im Kreis auf, entzündeten den Weihrauch und legten das Amulett in die Mitte des Kreises. Das Flüstern wurde lauter und eindringlicher, und die Geister der Familie Henderson erschienen vor ihnen, ihre Gesichter voller Schmerz und Verzweiflung.

„Wir sind hier, um euch zu helfen", rief Sally. „Wir werden den Fluch brechen und euch befreien."

Mit klopfenden Herzen begannen sie, die alten Worte des Rituals zu rezitieren. Die Kerzenflammen flackerten, und der Raum wurde von einem unheimlichen Licht erfüllt. Plötzlich begann das Amulett zu glühen, und ein kalter Wind wehte durch den Keller.

Die Geister der Familie Henderson schwebten über dem Amulett, ihre Gesichter verzerrt vor Schmerz und Leid. Doch als Timmy und Sally das Ritual fortsetzten, begannen die Geister sich zu verändern. Ihr Schmerz schien nachzulassen, und sie blickten die Kinder mit dankbaren Augen an.

Plötzlich erschien der Geist von Mr. Blackwood im Raum, sein Gesicht voller Zorn und Hass. „Ihr werdet mich nicht besiegen!“, schrie er. „Der Fluch bleibt bestehen!“

Timmy und Sally hielten standhaft und setzten das Ritual fort. „Wir werden dich nicht gewinnen lassen“, rief Timmy entschlossen. „Die Geister müssen frei sein!“

Mit einem letzten, kraftvollen Ausruf beendeten sie das Ritual. Ein grelles Licht erfüllte den Raum, und der Geist von Mr. Blackwood schrie vor Schmerz und verschwand. Die Geister der Familie Henderson lösten sich in einem friedlichen Licht auf, und eine tiefe Stille kehrte ein.

Timmy und Sally sanken erschöpft zu Boden, doch sie wussten, dass sie es geschafft hatten. Der Fluch war gebrochen, und die Geister waren befreit. Das Haus war endlich frei von der Dunkelheit, die es so lange beherrscht hatte.

„Wir haben es geschafft“, flüsterte Sally und umarmte Timmy. „Die Geister sind frei.“

Timmy nickte und lächelte. „Ja, wir haben es geschafft. Das Haus ist endlich ein sicherer Ort.“

Die tiefe Stille, die nach dem Ritual im Keller des alten Hauses eingetreten war, schien das ganze Gebäude zu durchdringen. Timmy und Sally saßen noch immer auf dem kalten Steinboden, überwältigt von der Erleichterung und dem Triumph über ihre erfolgreiche Befreiung der Geister. Das Flüstern war verstummt, und das Haus fühlte sich endlich friedlich an.

„Wir haben es geschafft", sagte Timmy noch einmal, als er langsam aufstand und Sally aufhalf. „Wir haben die Geister befreit und den Fluch gebrochen."

Sally lächelte schwach und wischte sich eine Träne aus dem Augenwinkel. „Ja, aber wir müssen sicherstellen, dass die Erwachsenen die Wahrheit erfahren. Das Haus muss sich ändern, damit so etwas nie wieder passiert."

Die beiden Kinder sammelten die Überreste des Rituals und die Beweise, die sie gefunden hatten, und machten sich auf den Weg nach oben. Die Dunkelheit des Kellers wich dem warmen Licht des Wohnzimmers, und die Atmosphäre des Hauses war merklich heller und weniger bedrückend. Sie gingen direkt zum Wohnzimmer, wo Timmys Eltern saßen und sich über den merkwürdigen Lärm aus dem Keller wunderten.

„Mom, Dad, wir müssen mit euch reden", begann Timmy ernst und legte die alten Dokumente und das Tagebuch von Mrs. Hargrove auf den Tisch. „Es geht um das Haus und die seltsamen Dinge, die hier passiert sind.“

Mr. und Mrs. Johnson sahen sich verwirrt an, dann nickten sie. „Setzt euch und erzählt uns alles“, sagte Mr. Johnson und schob die Dokumente näher zu sich.

Timmy und Sally erzählten ausführlich von den Flüsternden Schatten, ihren Nachforschungen, den alten Dokumenten und den Ritualen, die sie durchgeführt hatten. Sie beschrieben die Geister der Familie Henderson und den bösen Geist von Mr. Blackwood, der den Fluch über das Haus gebracht hatte.

„Das ist unglaublich“, murmelte Mrs. Johnson, als sie durch die Seiten des Tagebuchs blätterte. „Warum habt ihr uns das nicht früher gesagt?“

„Wir haben es versucht“, sagte Timmy leise. „Aber ihr habt uns nicht geglaubt. Wir wussten, dass wir etwas unternehmen mussten, um die Geister zu befreien und das Haus sicher zu machen.“

Mr. Johnson legte eine Hand auf Timmys Schulter und sah ihn stolz an. „Ihr habt etwas wirklich Mutiges getan. Wir hätten auf euch hören sollen. Jetzt verstehen wir, warum ihr so besorgt wart.“

Die Johnsons versprachen, alles zu tun, um das Haus zu einem besseren Ort zu machen. Sie kontaktierten Experten, um das Gebäude zu reinigen und zu renovieren, damit es nie wieder von dunklen Mächten heimgesucht werden würde. Die Geschichte der Familie Henderson und der böse Einfluss von Mr. Blackwood wurden öffentlich gemacht, und die Stadt war schockiert über die Enthüllungen.

In den folgenden Wochen erlebte das Haus eine völlige Verwandlung. Es wurde renoviert, neue Möbel wurden angeschafft, und die dunklen Ecken wurden in helle, freundliche Räume umgewandelt. Das Haus, das einst von Dunkelheit und Geheimnissen beherrscht wurde, strahlte nun eine einladende und friedliche Atmosphäre aus.

Timmy und Sally wurden als Helden gefeiert. Die Nachbarschaft erfuhr von ihrem Mut und ihrer Entschlossenheit, und die Kinder wurden in der Schule und in der Stadt bewundert. Ihre Geschichte inspirierte viele, an das Unmögliche zu glauben und für das Richtige zu kämpfen, egal wie groß die Herausforderung war.

Die Wochen nach dem großen Ritual vergingen schnell. Die Veränderungen im Haus waren überall sichtbar, und die dunkle Vergangenheit schien endgültig überwunden. Timmy und Sally verbrachten immer noch viel Zeit zusammen, aber jetzt konnten sie sich ohne Angst im Haus aufhalten und die schöne, friedliche Umgebung genießen.

Eines Nachmittags, während Timmy und Sally im Garten saßen, betrachteten sie die blühenden Blumen und die sanft wogenden Bäume. „Es ist erstaunlich, wie sich alles verändert hat“, sagte Sally. „Das Haus fühlt sich jetzt wirklich wie ein Zuhause an.“

„Ja, und es fühlt sich so gut an, dass wir es geschafft haben“, antwortete Timmy. „Ich bin froh, dass die Geister endlich in Frieden ruhen können.“

Timmys Eltern hatten beschlossen, eine Feier zu veranstalten, um den Abschluss der Renovierungen und die neue Ära des Hauses zu feiern. Die Nachbarn und Freunde wurden eingeladen, und das Haus war voller Leben und Lachen. Die einst dunklen und bedrückenden Räume waren nun hell und einladend, und das Gefühl von Frieden und Freude durchdrang jede Ecke des Hauses.

Während der Feier nahm Mr. Johnson das Wort. „Wir sind heute hier, um nicht nur die Renovierung unseres Hauses zu feiern, sondern auch den Mut und die Entschlossenheit zweier bemerkenswerter Kinder. Timmy und Sally haben etwas Unglaubliches geleistet. Sie haben uns gezeigt, dass Mut und Freundschaft selbst die dunkelsten Schatten vertreiben können.“

Die Gäste applaudierten, und Timmy und Sally wurden von ihren Freunden und Familien umarmt und beglückwünscht. Sie fühlten sich stolz und glücklich, dass ihre Bemühungen nicht nur die Geister befreit, sondern auch das Leben ihrer Familie und Gemeinschaft verbessert hatten.

In den folgenden Wochen kehrte der Alltag zurück, aber das Leben im Haus war nun erfüllt von Freude und Frieden. Timmy und Sally wurden oft gefragt, wie sie es geschafft hatten, so mutig zu sein, und sie erzählten gerne von ihren Abenteuern und den Lektionen, die sie gelernt hatten.

„Wir haben gelernt, dass man niemals aufgeben sollte“, sagte Timmy eines Tages zu einer Gruppe neugieriger Kinder. „Egal wie dunkel die Zeiten auch scheinen mögen, es gibt immer Hoffnung. Man muss nur den Mut haben, nach ihr zu suchen.“

Sally nickte zustimmend. „Und Freundschaft ist das Wichtigste. Zusammen können wir alles überwinden.“

Die Geschichte von Timmy und Sally und ihrem Kampf gegen die Flüsternden Schatten wurde in der Stadt weitergegeben und inspirierte viele, an das Gute zu glauben und für das Richtige zu kämpfen.

Einige Monate waren vergangen, seit Timmy und Sally die Geister befreit und den Fluch gebrochen hatten. Das Haus war zu einem Symbol des Mutes und der Hoffnung geworden. Timmy und Sally hatten durch ihre Erfahrungen nicht nur eine tiefe Freundschaft, sondern auch ein starkes Bewusstsein für Gerechtigkeit und Zusammenhalt entwickelt.

Eines Abends saßen sie im Garten, als die ersten Sterne am Himmel erschienen. „Denkst du manchmal noch an die Geister?“, fragte Sally leise.

Timmy nickte. „Ja, aber jetzt denke ich daran, dass sie in Frieden sind. Und dass wir ihnen geholfen haben, ihren Frieden zu finden.“

Sally lächelte und schaute zum Himmel. „Ich glaube, sie passen auf uns auf. Sie haben uns viel beigebracht.“

„Ja“, stimmte Timmy zu. „Und wir sollten ihre Geschichte weitertragen, damit niemand jemals vergisst, was hier passiert ist.“

Timmy und Sally beschlossen, ein Buch über ihre Erlebnisse zu schreiben. Sie wollten sicherstellen, dass die Geschichte der Geister und ihres eigenen Mutes niemals vergessen würde. Ihr Buch wurde in der örtlichen Bibliothek ausgestellt und inspirierte viele, an das Gute zu glauben und sich für das Richtige einzusetzen.

Die Kinder, die die Geschichte lasen, fühlten sich ermutigt und inspiriert. Sie lernten, dass selbst die dunkelsten Geheimnisse gelüftet und die größten Ängste überwunden werden können, wenn man zusammenhält und mutig ist.

Und so begann ein neues Kapitel im Leben von Timmy und Sally, voller Hoffnung, Wissen und der Gewissheit, dass sie gemeinsam alles erreichen konnten. Die Flüsternden Schatten waren verschwunden, aber die Lektionen, die sie hinterlassen hatten, lebten weiter. Timmy und Sally wussten, dass sie immer bereit sein würden, einander zu helfen und neuen Herausforderungen entgegenzutreten.

Das Haus am Rande der kleinen Stadt war nun ein Ort des Friedens und der Freude, und die Geschichte der mutigen Kinder, die das Geheimnis der Flüsternden Schatten gelüftet hatten, würde für immer in den Herzen derer weiterleben, die dort Zuflucht fanden.

Der geheimnisvolle Spielplatz

In einer kleinen Stadt im ländlichen Amerika der 1970er Jahre lebten drei unzertrennliche Freunde: Jake, Emily und Sam. Jake war ein abenteuerlustiger Junge mit wilden, braunen Locken und einer unersättlichen Neugierde. Emily, ein kluges Mädchen mit langen, blonden Zöpfen, war bekannt für ihre Liebe zu Büchern und Rätseln. Sam, der immer zu Streichen aufgelegt war, hatte ein großes Herz und einen unerschütterlichen Sinn für Humor.

Eines Nachmittags, während die drei Freunde durch die Stadt streiften, stießen sie auf einen verlassenen Spielplatz am Rande eines dichten Waldes. Der Spielplatz war überwuchert und die Geräte waren alt und verrostet, aber er hatte etwas Magisches an sich, das die Kinder anzog.

„Schaut euch das an", rief Jake begeistert, als er die Schaukel anstieß und sie knarrend hin und her schwang. „Dieser Spielplatz sieht aus, als ob er seit Jahren nicht benutzt wurde."

Emily trat näher und betrachtete das Karussell, das von Unkraut überwuchert war. „Warum sollte jemand einen Spielplatz mitten im Wald bauen und dann einfach verlassen? Das ist seltsam."

Sam, der auf der alten Rutsche saß, zuckte mit den Schultern. „Vielleicht ist er verflucht“, sagte er grinsend. „Vielleicht spukt es hier!“

Die Freunde lachten, doch bald wurde ihnen klar, dass Sams scherzhafte Bemerkung nicht ganz unbegründet war. Als sie auf dem Spielplatz spielten, begannen seltsame Dinge zu geschehen. Die Schaukel bewegte sich von selbst, obwohl kein Wind wehte, und sie hörten leises Flüstern, das aus dem Wald zu kommen schien.

„Habt ihr das gehört?“ fragte Emily nervös, als sie das Flüstern erneut vernahm. „Es klang, als ob jemand unseren Namen ruft.“

Jake nickte und sah sich aufmerksam um. „Ja, das ist wirklich unheimlich. Vielleicht sollten wir herausfinden, was hier los ist.“

Die Freunde beschlossen, ihre Nachforschungen zu beginnen. Sie erzählten ihren Eltern von den seltsamen Vorkommnissen auf dem Spielplatz, doch wie erwartet, glaubte ihnen niemand. „Ihr habt einfach eine lebhafte Fantasie“, sagte Jakes Mutter und lächelte. „Es gibt keine Geister oder verfluchten Spielplätze.“

Doch die Freunde ließen sich nicht entmutigen. Sie wussten, dass etwas Unheimliches auf dem Spielplatz vor sich ging und dass sie die einzigen waren, die das Geheimnis lüften konnten. Am nächsten Tag trafen sie sich wieder am Spielplatz, bewaffnet mit Taschenlampen und einem festen Entschluss, die Wahrheit herauszufinden.

„Wir müssen nach Hinweisen suchen“, sagte Emily, während sie vorsichtig durch das hohe Gras ging. „Vielleicht finden wir etwas, das uns mehr über die Vergangenheit dieses Ortes erzählt.“

Jake und Sam nickten und begannen, den Spielplatz gründlich zu durchsuchen. Sie fanden alte, vergilbte Zeitungsartikel, die in einem verlassenen Schuppen versteckt waren. Die Schlagzeilen berichteten von mysteriösen Vorfällen und verschwundenen Kindern, die alle mit dem Spielplatz in Verbindung standen.

„Schaut euch das an“, sagte Jake, als er einen besonders alten Artikel las. „Hier steht, dass vor vielen Jahren mehrere Kinder auf diesem Spielplatz verschwunden sind. Niemand hat sie jemals wieder gesehen.“

Emily runzelte die Stirn und betrachtete die Artikel genauer. „Das muss bedeuten, dass hier etwas Schreckliches passiert ist. Wir müssen mehr herausfinden.“

Sam fand in einer Ecke des Schuppens ein altes Tagebuch. Es gehörte einem Mädchen namens Lily, das vor vielen Jahren auf dem Spielplatz gespielt hatte. „Vielleicht erzählt uns dieses

Tagebuch mehr“, sagte er und begann, die vergilbten Seiten zu durchblättern.

„Hört euch das an“, sagte Emily und las aus dem Tagebuch vor: „‚Der Mann mit den dunklen Augen kommt jede Nacht. Er spricht mit uns und sagt, dass wir bleiben sollen. Aber ich will nach Hause. Ich habe Angst.‘“

Die Freunde tauschten besorgte Blicke. „Der Mann mit den dunklen Augen? Wer könnte das sein?“ fragte Jake.

„Vielleicht war er derjenige, der die Kinder entführt hat“, sagte Sam leise. „Wir müssen herausfinden, wer er war und was er hier getan hat.“

Die Freunde wussten, dass sie tiefer graben mussten, um die Wahrheit über den Spielplatz und den Mann mit den dunklen Augen herauszufinden. Sie beschlossen, weiter nach Hinweisen zu suchen und die Geheimnisse des Spielplatzes zu lüften, bevor noch mehr Kinder in Gefahr gerieten.

In den Tagen nach ihrer Entdeckung des Tagebuchs von Lily kehrten Jake, Emily und Sam immer wieder zu dem verlassenen Spielplatz zurück. Die seltsamen Ereignisse häuften sich, und das Flüstern wurde lauter und eindringlicher. Die Freunde wussten, dass sie auf der richtigen Spur waren, doch sie ahnten nicht, welche dunklen Geheimnisse noch auf sie warteten.

Eines Nachmittags, als die Sonne hinter den Baumwipfeln verschwand und lange Schatten auf den Spielplatz warf, beschlossen die drei Freunde, tiefer in den Wald vorzudringen. „Vielleicht finden wir dort mehr Hinweise“, sagte Jake entschlossen. „Es muss einen Grund geben, warum dieser Spielplatz hier gebaut wurde.“

Emily und Sam stimmten zu, und sie machten sich auf den Weg in den dichten Wald. Die Bäume standen dicht beieinander, und das Laubdach ließ kaum Licht hindurch. Die Luft war kühl und feucht, und das Flüstern schien von allen Seiten zu kommen.

„Wir müssen zusammenbleiben“, flüsterte Emily, als sie sich ihren Weg durch das Unterholz bahnten. „Es ist leicht, sich hier zu verirren.“

Nach einer Weile stießen sie auf eine alte, verfallene Hütte, die halb von Moos und Efeu überwuchert war. „Das muss der Ort sein, an dem der Mann mit den dunklen Augen gelebt hat“, sagte Sam und trat näher.

Jake öffnete vorsichtig die knarrende Holztür, und sie traten in die düstere Hütte ein. Der Raum war voll von altem Gerümpel und staubigen Möbeln. In einer Ecke entdeckten sie einen alten Schreibtisch, der mit Papieren und Büchern übersät war. „Das könnte uns mehr über ihn erzählen“, sagte Emily und begann, die Papiere zu durchsuchen.

Sie fanden mehrere alte Briefe und Notizen, die von einem Mann namens Mr. Blackwood stammten. „Hier steht, dass er dunkle Rituale durchgeführt hat“, sagte Jake und las laut vor: „‚Die Kinder sind der Schlüssel zu meiner Macht. Durch sie kann ich die dunklen Kräfte entfesseln.‘“

Emily schaute besorgt. „Das muss der Mann sein, der die Kinder entführt hat. Er hat sie für seine Rituale benutzt.“

Sam fand in einer Schublade ein altes Fotoalbum. Es zeigte Bilder von Kindern, die auf dem Spielplatz spielten, doch ihre Gesichter waren leer und ausdruckslos. „Das ist wirklich unheimlich“, sagte er und blätterte durch die Seiten. „Diese Kinder sehen aus, als ob sie unter einem Bann stehen.“

Plötzlich hörten sie wieder das Flüstern, diesmal lauter und eindringlicher. „Helft uns... befreit uns...“

„Wir müssen hier raus“, sagte Jake und stand schnell auf. „Es ist zu gefährlich, länger hier zu bleiben.“

Sie verließen die Hütte und machten sich auf den Rückweg zum Spielplatz. Das Flüstern folgte ihnen, und sie spürten, dass die Geister der Kinder sie beobachteten. „Wir müssen herausfinden, wie wir den Fluch brechen können", sagte Emily entschlossen. „Es muss einen Weg geben, die Geister zu befreien."

Zurück auf dem Spielplatz setzten sie sich auf die alten, verrosteten Schaukeln und überlegten, was sie als nächstes tun sollten. „Wir haben das Tagebuch von Lily und die Notizen von Mr. Blackwood", sagte Jake. „Vielleicht finden wir darin Hinweise auf ein Ritual, das den Fluch brechen kann."

Emily begann, das Tagebuch erneut zu durchblättern, und fand schließlich einen Eintrag, der von einem alten Ritual sprach. „Hier steht, dass das Ritual bei Vollmond durchgeführt werden muss und dass wir bestimmte Zutaten brauchen: weiße Kerzen, Weihrauch und das Amulett, das wir in der Hütte gesehen haben."

Sam nickte und stand auf. „Dann wissen wir, was wir tun müssen. Wir müssen die Zutaten besorgen und das Ritual durchführen, um die Geister zu befreien."

Die Freunde beschlossen, sich auf den nächsten Vollmond vorzubereiten. Sie besorgten die weißen Kerzen und den Weihrauch aus einem alten Laden in der Stadt und kehrten dann zur Hütte zurück, um das Amulett zu holen. Das Amulett war aus schwarzem Metall gefertigt und mit seltsamen Symbolen verziert. „Das muss es sein“, sagte Emily und legte das Amulett vorsichtig in ihren Rucksack.

In den Tagen bis zum Vollmond spürten die Freunde, wie die Spannung zunahm. Die seltsamen Ereignisse auf dem Spielplatz wurden intensiver, und das Flüstern ließ sie kaum noch schlafen. Sie wussten, dass sie sich einer großen Herausforderung stellten, doch sie waren fest entschlossen, die Geister zu befreien und den Fluch zu brechen.

Als der Tag des Vollmonds endlich kam, trafen sich die Freunde am Spielplatz, bewaffnet mit den notwendigen Zutaten und dem festen Willen, das Ritual durchzuführen. Die Nacht war klar und kühl, und der Mond schien hell am Himmel. „Wir müssen alles genau nach den Anweisungen im Tagebuch machen“, sagte Jake ernst. „Es ist unsere einzige Chance.“

Sie stellten die weißen Kerzen im Kreis auf, entzündeten den Weihrauch und legten das Amulett in die Mitte des Kreises. Das Flüstern wurde lauter und eindringlicher, und die Geister der Kinder erschienen vor ihnen, ihre Gesichter voller Schmerz und Verzweiflung.

„Wir sind hier, um euch zu helfen“, rief Emily. „Wir werden den Fluch brechen und euch befreien.“

Mit klopfenden Herzen begannen sie, die alten Worte des Rituals zu rezitieren. Die Kerzenflammen flackerten, und der Spielplatz wurde von einem unheimlichen Licht erfüllt. Plötzlich begann das Amulett zu glühen, und ein kalter Wind wehte durch den Wald.

Die Geister der Kinder schwebten über dem Amulett, ihre Gesichter verzerrt vor Schmerz und Leid. Doch als Jake, Emily und Sam das Ritual fortsetzten, begannen die Geister sich zu verändern. Ihr Schmerz schien nachzulassen, und sie blickten die Kinder mit dankbaren Augen an.

Plötzlich erschien der Geist von Mr. Blackwood, sein Gesicht voller Zorn und Hass. „Ihr werdet mich nicht besiegen!“, schrie er. „Der Fluch bleibt bestehen!“

Jake, Emily und Sam hielten standhaft und setzten das Ritual fort. „Wir werden dich nicht gewinnen lassen“, rief Jake entschlossen. „Die Geister müssen frei sein!“

Mit einem letzten, kraftvollen Ausruf beendeten sie das Ritual. Ein grelles Licht erfüllte den Spielplatz, und der Geist von Mr. Blackwood schrie vor Schmerz und verschwand. Die Geister der Kinder lösten sich in einem friedlichen Licht auf, und eine tiefe Stille kehrte ein.

Die Freunde sanken erschöpft zu Boden, doch sie wussten, dass sie es geschafft hatten. Der Fluch war gebrochen, und die Geister waren befreit. Der Spielplatz war endlich frei von der Dunkelheit, die ihn so lange beherrscht hatte.

„Wir haben es geschafft“, flüsterte Emily und umarmte ihre Freunde. „Die Geister sind frei.“

Jake nickte und lächelte. „Ja, wir haben es geschafft. Der Spielplatz ist endlich ein sicherer Ort.“

Die Tage nach dem Ritual vergingen wie im Flug, und der Spielplatz fühlte sich nun tatsächlich wie ein sicherer Ort an. Jake, Emily und Sam waren erleichtert, dass sie es geschafft hatten, die Geister zu befreien und den Fluch zu brechen. Doch sie wussten, dass ihre Arbeit noch nicht ganz abgeschlossen war. Sie mussten den Erwachsenen die Wahrheit erzählen und dafür sorgen, dass die Geschichte des Spielplatzes und der Kinder nie vergessen wurde.

Eines Nachmittags, als sie sich wieder auf dem Spielplatz trafen, beschlossen sie, das alte Tagebuch und die Notizen von Mr. Blackwood ihren Eltern zu zeigen. „Wir müssen ihnen alles erzählen“, sagte Jake entschlossen. „Sie müssen wissen, was hier wirklich passiert ist.“

Emily und Sam stimmten zu, und gemeinsam machten sie sich auf den Weg zu Jakes Haus. Sie setzten sich an den Küchentisch, wo Jakes Mutter ihnen neugierig zuhörte. „Was habt ihr denn auf dem Spielplatz gefunden?“ fragte sie, während sie eine Tasse Tee für jeden von ihnen einschenkte.

Jake nahm einen tiefen Atemzug und begann zu erzählen. „Wir haben herausgefunden, dass der Spielplatz verflucht war. Der Mann, der ihn gebaut hat, Mr. Blackwood, hat dunkle Rituale durchgeführt und Kinder entführt. Die Geister der Kinder waren gefangen, bis wir das Ritual durchgeführt haben, um sie zu befreien.“

Jakes Mutter runzelte die Stirn und sah ihn besorgt an. „Jake, das klingt sehr unheimlich. Wie habt ihr das herausgefunden?“

Emily legte das Tagebuch und die Notizen auf den Tisch. „Wir haben diese Dokumente gefunden. Sie erklären alles. Die Geister der Kinder haben uns geführt und uns geholfen, den Fluch zu brechen.“

Jakes Mutter blätterte durch die Seiten und las die erschreckenden Berichte. Ihr Gesichtsausdruck veränderte sich von Skepsis zu Schock und dann zu Verständnis. „Das ist unglaublich“, murmelte sie. „Ich hätte nie gedacht, dass so etwas in unserer kleinen Stadt passieren könnte.“

Sam nickte und fügte hinzu: „Wir müssen sicherstellen, dass jeder die Wahrheit erfährt. Der Spielplatz muss ein sicherer Ort bleiben, und die Geschichte der Kinder darf nie vergessen werden.“

In den folgenden Tagen organisierten die Eltern der Freunde ein Treffen mit den anderen Bewohnern der Stadt. Sie wollten sicherstellen, dass jeder die Wahrheit über den Spielplatz und die schrecklichen Taten von Mr. Blackwood erfuhr. Die Stadtbewohner waren schockiert über die Enthüllungen, aber auch dankbar für den Mut und die Entschlossenheit der Kinder.

Während einer Versammlung im Gemeindezentrum erzählte Jake die gesamte Geschichte, unterstützt von Emily und Sam. Sie zeigten die alten Dokumente und erklärten, wie sie den Fluch gebrochen hatten. Die Stadtbewohner lauschten aufmerksam, und viele von ihnen hatten Tränen in den Augen.

„Wir müssen dafür sorgen, dass so etwas nie wieder passiert“, sagte Jakes Mutter, als die Versammlung zu Ende ging. „Wir sollten ein Denkmal für die Kinder errichten und ihre Geschichte für zukünftige Generationen bewahren.“

Die Stadtbewohner stimmten zu, und in den folgenden Wochen wurde der Spielplatz renoviert und ein Denkmal errichtet. Es erinnerte an die Kinder, die dort ihr Leben verloren hatten, und an die mutigen Freunde, die den Fluch gebrochen hatten.

Jake, Emily und Sam fühlten sich stolz und erleichtert. Sie wussten, dass sie etwas Großes erreicht hatten, und ihre Freundschaft war durch die gemeinsamen Erlebnisse noch stärker geworden.

Einige Wochen später, als die Renovierungsarbeiten am Spielplatz abgeschlossen waren und das Denkmal errichtet wurde, beschlossen Jake, Emily und Sam, noch einmal zusammen den Ort zu besuchen. Es war ein sonniger Tag, und der Spielplatz sah jetzt einladend und fröhlich aus. Die neuen Schaukeln glänzten in der Sonne, und die Blumenbeete rund um das Denkmal blühten in leuchtenden Farben.

„Es ist wirklich schön geworden", sagte Emily und lächelte. „Ich bin so froh, dass wir das geschafft haben."

Jake nickte und legte eine Hand auf das Denkmal, auf dem die Namen der verschwundenen Kinder eingraviert waren. „Ja, und jetzt werden die Kinder nie vergessen. Ihre Geschichte wird weiterleben."

Sam schaute sich um und atmete tief durch. „Es fühlt sich jetzt so friedlich an. Keine Flüsternden Schatten mehr, keine dunklen Geheimnisse.“

Doch plötzlich bemerkten sie, dass etwas nicht stimmte. Eine unheimliche Stille legte sich über den Spielplatz, und ein kalter Wind wehte durch die Bäume. Die drei Freunde sahen sich nervös an. „Habt ihr das gespürt?“ fragte Emily leise.

„Ja“, antwortete Jake. „Es fühlt sich an, als ob noch etwas da wäre. Vielleicht haben wir noch nicht alles erledigt.“

In diesem Moment erschien der Geist von Lily vor ihnen. Ihr Gesicht war nicht mehr verzerrt vor Schmerz, sondern ruhig und friedlich. „Danke, dass ihr uns geholfen habt“, sagte sie mit sanfter Stimme. „Aber es gibt noch eine letzte Sache, die ihr tun müsst.“

„Was ist es, Lily?“ fragte Sam.

„Mr. Blackwood hat ein letztes dunkles Ritual durchgeführt, bevor er starb“, erklärte Lily. „Er hat seine böse Macht in einem alten Amulett eingeschlossen. Solange das Amulett existiert, bleibt ein Teil seines bösen Einflusses auf diesem Spielplatz. Ihr müsst das Amulett finden und zerstören, um den Fluch endgültig zu brechen.“

Jake, Emily und Sam tauschten entschlossene Blicke. „Wir werden es finden und zerstören", sagte Jake fest. „Sag uns, wo es ist."

Lily nickte und zeigte auf einen alten Baum am Rande des Spielplatzes. „Das Amulett ist dort vergraben. Ihr müsst es ausgraben und zerstören."

Die Freunde liefen zu dem Baum und begannen, mit ihren Händen die Erde wegzuschaufeln. Nach einer Weile stießen sie auf eine kleine, hölzerne Kiste. Jake öffnete sie vorsichtig und zog das Amulett heraus. Es war aus schwarzem Metall gefertigt und mit denselben unheimlichen Symbolen verziert, die sie schon zuvor gesehen hatten.

„Das ist es", sagte Emily. „Wir müssen es zerstören."

„Aber wie?" fragte Sam. „Es sieht sehr robust aus."

Lily erschien wieder und lächelte. „Zerschlagt es mit einem Stein, aber tut es schnell. Die Macht des Amuletts ist stark, und es wird sich wehren."

Jake hob einen großen Stein auf und schlug mit aller Kraft auf das Amulett. Ein grelles Licht erstrahlte, und das Amulett begann zu vibrieren. Mit einem letzten, kraftvollen Schlag zerbrach es in tausend Stücke, und eine dunkle Wolke stieg in die Luft und löste sich auf.

Der kalte Wind hörte auf, und die Sonne schien wieder hell auf den Spielplatz. Die unheimliche Stille verschwand, und die Vögel begannen wieder zu singen.

„Wir haben es geschafft“, sagte Jake erleichtert und ließ den Stein fallen. „Der Fluch ist endgültig gebrochen.“

Lily lächelte dankbar. „Danke. Jetzt können wir alle in Frieden ruhen. Lebt wohl, meine Freunde.“

Mit diesen Worten verschwand der Geist von Lily, und die Freunde wussten, dass ihre Aufgabe abgeschlossen war. Sie hatten den Fluch gebrochen und den Spielplatz endgültig befreit.

Die Tage nach der endgültigen Zerstörung des Amuletts waren erfüllt von Frieden und Freude. Der Spielplatz war nun ein lebendiger Ort, an dem Kinder unbeschwert spielen konnten, ohne von dunklen Schatten verfolgt zu werden. Jake, Emily und Sam wurden von allen in der Stadt als Helden gefeiert, und ihre Geschichte verbreitete sich weit über die Stadtgrenzen hinaus.

Eines Nachmittags saßen die drei Freunde auf den neuen Schaukeln und genossen die warme Sonne. „Es fühlt sich so gut an, dass alles vorbei ist“, sagte Emily und lächelte. „Wir haben wirklich etwas Großes erreicht.“

„Ja, und ich bin froh, dass wir zusammengehalten haben“, fügte Sam hinzu. „Wir hätten es ohne einander nicht geschafft.“

Jake nickte und blickte zu dem Denkmal, das in der Mitte des Spielplatzes stand. „Wir haben nicht nur die Geister befreit, sondern auch unsere Freundschaft gestärkt. Das werden wir nie vergessen.“

Die Stadt hatte beschlossen, jedes Jahr einen Gedenktag für die Kinder zu veranstalten, die auf dem Spielplatz verschwunden waren. Es war ein Tag des Gedenkens und der Feier des Mutes und der Entschlossenheit, die Jake, Emily und Sam gezeigt hatten. Die drei Freunde wurden oft eingeladen, ihre Geschichte zu erzählen und andere Kinder zu inspirieren, mutig zu sein und immer das Richtige zu tun.

An einem dieser Gedenktage standen Jake, Emily und Sam vor einer großen Gruppe von Kindern und erzählten von ihren Abenteuern. „Es ist wichtig, dass ihr wisst, dass ihr immer für das Richtige kämpfen solltet“, sagte Jake. „Egal wie schwierig die Umstände sind, gebt niemals auf.“

Emily fügte hinzu: „Und vergesst nie, wie wichtig Freundschaft ist. Zusammen können wir alles schaffen.“

Sam grinste breit. „Und habt immer Spaß dabei! Das Leben ist ein großes Abenteuer.“

Die Kinder hörten aufmerksam zu und wurden von der Geschichte inspiriert. Sie wussten, dass sie in ihren Herzen den Mut und die Stärke hatten, jede Herausforderung zu meistern.

Einige Jahre waren vergangen, seit Jake, Emily und Sam den Fluch des Spielplatzes gebrochen hatten. Sie waren inzwischen zu Teenagern herangewachsen und hatten begonnen, ihre eigenen Wege zu gehen. Doch ihre Freundschaft blieb stark, und sie erinnerten sich oft an die Abenteuer, die sie gemeinsam erlebt hatten.

Eines Abends, als die Sonne hinter den Hügeln verschwand und der Himmel in warmen Farben leuchtete, trafen sie sich auf dem Spielplatz, um sich an die alten Zeiten zu erinnern. Der Spielplatz war immer noch ein lebendiger Ort, voller Lachen und Freude, und das Denkmal stand stolz in der Mitte.

„Es fühlt sich an, als ob es gestern war“, sagte Emily und seufzte zufrieden. „Ich bin so froh, dass wir es geschafft haben.“

„Ja, und dass wir immer noch zusammen sind", fügte Jake hinzu. „Unsere Freundschaft ist unzerbrechlich."

Sam nickte und schaute zu den spielenden Kindern. „Und wir haben gezeigt, dass selbst Kinder große Dinge erreichen können. Das sollten wir nie vergessen."

Sie saßen noch lange zusammen und erzählten Geschichten von ihren Abenteuern. Sie wussten, dass sie durch ihre Erlebnisse gewachsen waren und dass sie bereit waren, jede neue Herausforderung anzunehmen, die das Leben ihnen stellte.

Der Spielplatz war nun ein Symbol für Hoffnung, Mut und Freundschaft. Die Geschichte von Jake, Emily und Sam würde für immer weiterleben und zukünftige Generationen inspirieren, mutig zu sein und für das Richtige zu kämpfen.

Die drei Freunde wussten, dass ihre Abenteuer noch nicht zu Ende waren. Gemeinsam würden sie weiterhin die Geheimnisse des Lebens entdecken und einander in jedem Schritt unterstützen. Der Spielplatz, einst ein Ort des Schreckens, war nun ein Ort des Friedens und der Freude, und die Flüsternden Schatten waren nur noch eine ferne Erinnerung.

Und so, lieber Leser, schließt sich der Vorhang über diese Sammlung unheimlicher Geschichten. Doch sei gewarnt: Die Schatten, die du hier beschworen hast, werden sich nicht so leicht zerstreuen. Während du dich von den düsteren Erzählungen erholst, werden sie in den Ecken deines Geistes verweilen, auf der Lauer liegend, bereit, dich in den stillen Stunden der Nacht heimzusuchen. Vielleicht, wenn der Wind durch die Bäume heult und der Mond ein fahles Licht auf dein Fenster wirft, wirst du das Flüstern der verlorenen Seelen hören. Ihre Geschichten sind nicht abgeschlossen, sondern leben in deinem Gedächtnis weiter, verankert in den dunkelsten Winkeln deines Unterbewusstseins. Erinnere dich daran, dass das Grauen nicht nur in diesen Seiten existiert, sondern auch in der Realität lauern kann, unsichtbar und unaufhaltsam. Die 13 unheimlichen Erzählungen haben ihre Spuren hinterlassen, und während du nun das Buch schließt, bleiben die Geister, die du gerufen hast, vielleicht noch eine Weile bei dir. Wenn du das nächste Mal durch eine dunkle Straße gehst oder allein in einem alten Haus bist, halte inne und horche. Die Geschichten mögen beendet sein, aber die Albträume, die sie wecken, werden immer ein Teil von dir bleiben. Denn im Reich des Schreckens gibt es kein wirkliches Ende, nur einen ewigen Zyklus von Angst und Dunkelheit. Mögest du den Mut haben, dem Unheimlichen ins Auge zu sehen und die Stärke, den Schrecken zu überstehen, der sich in den Schatten verbirgt. Bis zum nächsten Mal, wenn du den Mut fasst, wieder in die Tiefen des Grauens einzutauchen. Die Dunkelheit wartet – und sie vergisst niemals.

13 Unheimliche Erzählungen: Eine Horrorsammlung

Robert Lieberwirth

21.07.2024

Von Robert Lieberwirth

Zietenstraße 96, 09130 Chemnitz

Kontaktinformationen: Herrlieberwirth@gmail.com

Printed in Poland
by Amazon Fulfillment
Poland Sp. z o.o., Wrocław

38538826R00159